® Recrea el tiempo para ti

TENTACIÓN DECISIVA
Susan Crosby

HARLEQUIN®
Recrea el tiempo para ti™

NOVELAS CON CORAZÓN

Editado por HARLEQUIN IBÉRICA, S.A.
Hermosilla, 21
28001 Madrid

I.S.B.N.: 84-396-7107-5
Depósito legal: B-19952-1999
Editor responsable: M. T. Villar
Diseño cubierta: María J. Velasco Juez
Composición: M.T., S.A.
Avda. Filipinas, 48. 28003 Madrid
Fotomecánica: PREIMPRESIÓN 2000
c/. Matilde Hernández, 34. 28019 Madrid
Impresión y encuadernación: LITOGRAFÍA ROSÉS, S.A.
c/. Energía, 11. 08850 Gavá (Barcelona)
Fecha impresion para Argentina:23.1.2000
Distribuidor exclusivo para España: M.I.D.E.S.A.
Distribuidor para México: INTERMEX, S.A.
Distribuidores para Argentina: interior, BERTRAN, S.A.C. Vélez
Sársfield, 1950. Cap. Fed./ Buenos Aires y Gran Buenos Aires,
VACCARO SÁNCHEZ y Cía, S.A.
Distribuidor para Chile: DISTRIBUIDORA ALFA, S.A.

Capítulo Uno

La inspectora de policía de San Francisco, Leslie O´Keefe cerró la puerta del teniente tras ella, enderezó sus doloridas espaldas y dejó que el sonido de las voces la guiara a su despacho en la habitación contigua. La conversación se detuvo en cuanto entró y la gente volvió la mirada expectante hacia ella.

¿Y ahora qué? Lo último que deseaba de nadie era compasión.

Esforzándose por poner gesto despreocupado, se sentó a su mesa, sacó un bloc y empezó a escribir unas notas para adjuntar a sus archivos activos, los que tendría que dejar a otra persona.

A los pocos minutos se vació la habitación al acabar el turno, pero la curiosidad seguía flotando en el aire. La gente le dio las buenas noches al pasar y alguno hasta le dio una palmada en el hombro, pero el nudo que tenía en la garganta le impidió contestar y sólo asintió con la cabeza, que no alzó hasta que estuvo sola.

Ahora tenía que irse. A casa. A una casa vacía. Erin, su hija de once años, se había ido por la mañana con su ex marido a pasar las navidades esquiando en Aspen, en los Alpes. Pero no estaría sola mucho tiempo. En cuanto las noticias se extendieran, sus amigos se pasarían o la llamarían.

Necesitaba estar a solas para asimilar lo que estaba sintiendo.

Primero cancelaría sus planes para cenar.

–Soy Leslie –dijo a su viejo amigo Gabriel Márquez.

Si hubiera estado soltero, habrá descargado todo con él, pero acababa de casarse.

–¿Desde cuando tienes que identificarte, Les?

3

–Estaba... hum, intentando hacer dos cosas a la vez. Escucha, ¿podemos cancelar la cena?

–¿Qué pasa?

Se conocían de hacía demasiado tiempo para que Gabriel no notara cualquier cosa en su voz. Tragó saliva y tomó una decisión.

–Acabo de pensar que no puedo soportar pasar las navidades en casa sola sin Erin. Necesito saber si va a usar alguien la cabaña estas vacaciones. ¿Está allí Sebastian?

Un pesado silencio siguió a sus palabras.

–Eso sería peligroso para él, creo. Está en busca y captura.

–Entonces iré yo unos días.

–Les...

–Es un buen momento ahora que Erin no está. Estaré bien sola, así que no te preocupes.

–¿Qué es lo que está pasando?

–Sólo necesito estar sola, Gabe. Te lo contaré todo a la vuelta. Y no te preocupes. Se supone que Ben me llamará a tu casa en cuanto lleguen al hotel. Dile donde estoy, pero a nadie más que a él.

–Conduce con cuidado –dijo él por fin–. Será más de medianoche cuando llegues y probablemente estará helado. Si no tienes cadenas, consigue unas. O mejor aún, saca prestado el coche de Sebastian. Es un todo terreno y hace mucho que no lo usa nadie.

–Buena idea. Dile a Cristina que siento lo de la cena.

Murmuró una rápida despedida y colgó. Ahora tenía que dedicarse a algunas tareas esenciales: ropa, comida y coche. Luego emprendería el largo viaje desde San Francisco al lago Tahoe para acabar enterrada en una cabaña con miles de recuerdos y ahora uno más doloroso y reciente.

Leslie no corría peligro de quedarse dormida en el largo trayecto. El miedo y la inseguridad la asaltaban mientras intentaba no recordar los acontecimientos

4

del día cantando villancicos. Ya lo pensaría cuando estuviera instalada, pero al menos encontraría intimidad y paz allí, el recuerdo de los tiempos felices. Era su primera visita desde su divorcio dos años atrás, o mejor tres entre los procedimientos legales.

Su primer viaje sin Ben. Su primer viaje sola en treinta y dos años.

Al dar la última curva, la luna llena recortó la silueta de madera de la pequeña cabaña de dos habitaciones. Los edredones de recortes y las numerosas fotografías contaban la historia de los cinco amigos que habían construido la cabaña doce años atrás. Allí encontraría las respuestas que necesitaba, en el sitio que ella misma había ayudado a construir, en el que había pasado tantas vacaciones familiares, en el que Erin había nacido.

Apartó aquellos recuerdos al instante así como otra imagen más sombría: la de Ben con alguna mujer en su refugio.

Apagando el motor de un brusco giro, apoyó la frente contra el volante con el cuerpo demasiado cansado como para meter el todo terreno en el estrecho garaje. Saltó del Jeep e hizo varios viajes hasta el porche con sus pertenencias. Incluso aunque la cabaña más cercana estaba a varios kilómetros, el aroma de la madera quemada llegaba hasta allí. Eso era lo que ella necesitaba para recuperar la cordura, oír crepitar los leños en la chimenea.

La llave entró en la cerradura y la puerta se abrió silenciosa. El calor le dio en la cara. ¿Calor? Empujó un poco más la puerta y vio las brasas en la chimenea. ¿Brasas?

—Quieto ahí ahora mismo.

La autoritaria voz le paralizó el corazón antes de sentir una oleada de alivio. ¿Cómo podía ser?

Las luces se encendieron mostrando a un hombre alto con el pelo revuelto y unos ojos grises asombrados que miraron del cañón de la escopeta directamente a ella. Un hombre en pantalones de deporte con el pecho desnudo.

5

Ya sin miedo, Leslie deslizó la mirada hacia donde el vello desaparecía de forma tentadora por la cinturilla.

Estupendo. El epílogo perfecto para un día de horror: su marido. Y casi desnudo.

–¡Les! –bajó el cañón y se pasó la mano por la frente–. ¿Qué diablos estás haciendo aquí?

Irritada por que la hubiera pillado mirándolo de aquella manera, se cruzó de brazos.

–¿Qué estás haciendo tú? Se suponía que estábais en Aspen.

Él apartó el rifle.

–Y se suponía que tú estarías trabajando.

–Me he tomado unos días libres –dijo dándose la vuelta para arrastrar su maleta, la nevera con los congelados y la bolsas de comida del porche al salón.

–¡Pero si te ofreciste de voluntaria para ser la inspectora de guardia!

Ella se encogió de hombros.

–Pero he cambiado de idea. ¿Por qué estás tú aquí?

Ben dio unos pasos hacia ella.

–Nuestro avión no podía despegar por problemas técnicos. Cuando anunciaron que teníamos retraso al menos de seis horas, Erin y yo decidimos venir aquí.

–¿Y perderos las navidades codeando con tantos famosos en los Alpes?

–No tengo que defender mis actos ante ti, Les, pero acabo de llegar ayer de un largo viaje de negocios, como sabes. Y Erin estaba tan feliz de venir aquí como de ir a los Alpes.

Leslie colgó la chaqueta y arrastró la nevera con los congelados a la cocina. ¿Y qué se suponía que podía hacer ella ahora? No podía quedarse. Tampoco podía irse. No tenía a donde ir, ningún sitio donde esconderse.

–¿Te quedas? –preguntó él siguiéndola a la cocina.

Irritada de que estuviera pensando lo mismo que ella, Leslie se plantó las manos en las caderas.

–¿Esperas que encuentre un sitio después de media noche? –entonces se le ocurrió algo–. ¡Oh, Dios! ¿No me digas que has traído a alguna mujer contigo?

–¿Con Erin aquí? –preguntó él irritado.

–¿Mamá?

Leslie dirigió la mirada hacia la puerta cuando Erin entró en la cocina.

–¡Eres tú! ¿Qué estás haciendo aquí, mamá?

–La pregunta del día –murmuró Leslie mientras abrazaba a su hija como si no la hubiera visto en una semana–. Parece que las dos hemos cambiado de planes.

Erin.dio un paso atrás sonriendo a sus padres por turno.

–Ya estamos todos juntos. Como antes.

Ellos nunca discutían delante de su hija. Su comunicación, normalmente telefónica, era siempre civilizada. Nunca se habían restregado el pasado a la cara y siempre anteponían el bien su hija en todas sus decisiones. Eran razonables, responsables y calmados.

Habían tenido el divorcio perfecto. Todo el mundo lo decía y ellos estaban de acuerdo.

Pero no podían permitir que las fantasías de Erin aumentaran. Por una vez, Leslie no estaba de humor para ser civilizada. Deseaba estar sola. Necesitaba llorar. Pero Ben no estaba tomando la iniciativa...

–Erin. Sólo voy a quedarme una noche. Me voy por la mañana.

–De ninguna manera, mamá. Mañana es el día de Navidad. Es tu época favorita del año –pasó por delante de su madre–. Prepararé chocolate para los tres. Mamá, tú pon tus cosas en los dos cajones de abajo. Papá, deberías poner más leños en el fuego. Parece que mamá tiene frío.

–Creo que no nos han hecho mucho caso –le dijo Ben a Leslie.

–Eso parece.

Demasiado próxima a derrumbarse, Leslie recogió su maleta y dirigió al salón. Ben la detuvo ante la puerta de su habitación para ayudarle con la maleta.

–¿Sabía Gabe que venías aquí? –preguntó con rapidez mirando por el rabillo del ojo a la cocina.

–Sí, ¿por qué?

–¿Cuándo se lo dijiste?

–Lo llamé hacia las seis para cancelar nuestra cena. Fue una decisión impulsiva. De hecho la tomé mientras hablaba por teléfono. Él sabía que tú habías cambiado de planes, ¿verdad, Ben? Gabe ya lo sabía.

–Lo llamamos después de comer. ¿No te pasó el mensaje?

–No dijo una sola palabra.

–Otra vez el celestino.

–¡Maldito sea! –murmuró Leslie–. Nunca abandona. ¿Y qué pasa ahora con Erin? Lo siento de verdad.

–Hablaremos cuando Erin se haya acostado.

Hablar. Llevaba todo el día hablando. Oficiales, inspectores, tenientes, capitanes. El equipo de interrogadores de incidentes críticos, el jefe del programa de asistencia de empleo. Después de todo aquello, lo único que quería era silencio. Por eso había ido allí.

–Bien –antepuso sus responsabilidades como madre ante todo lo demás–. Hablaremos más tarde. Y una cosa, Ben...

–¿Qué?

Irritada por la tentación de su desnudez y su aparente despreocupación, se acercó a él. Ella era alta, pero él mucho más. Leslie conocía cada cicatriz de su cuerpo, cada lesión por el fútbol y hasta cómo le dolía el hombro con los cambios de tiempo. Conocía el sabor de su boca, el olor de su piel, la forma en que su barba raspaba por al mañana contra su cara, sus senos...

Él no se apartó de ella. Lo miró, pero su expresión siguió imperturbable. La atracción eléctrica que la había sacudido el día que se habían conocido dieciocho años atrás seguía bullendo. Se preguntó si él sentiría lo mismo.

Podía oír el trajín de tazas y cucharillas de su hija en la cocina.

Pero él no se había movido. Con necesidad de acción, Leslie deslizó los dedos de su torso hasta su vientre frotando el remolino de vello que se escondía por encima de la cinturilla. En otro tiempo, aquel simple contacto hubiera sido suficiente. Él la hubiera llevado a la habitación, la habría desvestido con impaciencia y después... el paraíso.

Avergonzada de sus pensamientos, dio un paso atrás.

—Ponte una camisa.

—Yo no he buscado esto, Les.

—Tampoco me has detenido.

—Me pillaste con la guardia baja —Ben se frotó al mejilla—. ¿Qué te pasa?

—¿Qué quieres decir?

—Todo. Que estés aquí. La forma en que me has provocado.

«Lo frágil que parecía. ¡Y aquella era una palabra que le pegaba a su propia madre y a su hermanas, pero nunca a Les.

¿Serían imaginaciones suyas? No lo creía. Sus pálidos ojos verdes parecían turbios y su piel traslúcida. El pelo corto parecía más oscuro que de costumbre contra su piel pálida. Había notado últimamente que el pelo rubio de su hija se estaba volviendo de aquel castaño rojizo del de su madre, un color que le recordaba al otoño. Todavía recordaba a Leslie a los catorce años, un chicote que contradecía su etiqueta llevando aquel suave pelo sedoso hasta la cintura. Sólo la presencia Erin había evitado que respondiera a su caricia y eso lo irritaba. Él ya la había superado. Por completo.

Ben se cruzó de brazos.

—¿Qué ha pasado, Les?

—Sólo estoy cansada.

—El chocolate caliente está listo —anunció Erin.

Ben se metió en la habitación para ponerse un jersey y se fue a atizar el fuego como su hija le había ordenado. Se sentó a beber el cacao escuchando distraído cómo Erin le contaba a su madre las aventuras de su viaje.

Iba a matar a Gabriel Márquez con sus propias manos, algo que había querido hacer hacía años. ¿Cómo podía jugar Gabe con la vida de tres personas? Erin era su ahijada y Les su confidente. Ben no podía permitir que los hubiera reunido en contra de su voluntad.

Estudió a su hija, la felicidad de su cara y su placer evidente. Al menos llevaba una infancia feliz, libre de preocupaciones. La niña siguió hablando sin parar hasta terminar el chocolate y cuando empezó a cabecear Ben se llevó la bandeja a la cocina.

Leslie captó la indirecta y agarró a su hija para llevarla a la habitación y arroparla en la cama.

–Esto es genial, mamá. De verdad.

–Cariño...

–Ya lo sé. Que no me haga ilusiones.

–No es ni siquiera eso. No hay nada de qué hacerse ilusiones. Es sólo un accidente el que estemos juntos. Tu padre y yo te queremos y también nos importamos de una forma especial. Pero nuestro matrimonio está acabado. Este viaje no va a cambiar nada.

–La tía Mimi dice que sigues enamorada de papá.

Leslie gimió para sus adentros. La mujer de su hermano era una romántica incorregible.

–Yo le quiero. Compartimos una historia, una amistad y a ti. Sin embargo, no es el amor entre marido y mujer.

–El amor es el amor.

–No, no lo es. Pero hablaremos de esto otro día.

–¿Le dirás a papá que pase a darme un beso de buenas noches?

–¡Por supuesto! Y enseguida vendré yo a acostarme. No te importará compartir la cama con tu madre, ¿verdad?

–Para nada.

Besó a su hija y se fue hasta la cocina donde Ben estaba secando la encimera. Aquel era su dominio. Entre numerosas cualidades, su ex marido era un experto chef de cocina tan competente como lo había sido en el fútbol en otro tiempo. Cualquiera que pensara que podía ser menos masculino por cocinar estaba muy equivocado. Era todo masculinidad y potencia con su corpulento cuerpo musculoso y aquella nariz un poco desviada por dos roturas. Ben O´Keefe era uno de esos raros hombres afortunados que podían pasearse por las calles sin miedo de ser asaltado.

–Está esperado que vayas a darle un beso de buenas noches –dijo observando como doblaba el trapo mientras se preguntaba si habría alguien especial en su vida.

Pero su hija no había mencionado a nadie.

–¡Papá! ¡Estoy lista!

–Ahora mismo voy –dijo al pasar por delante de Leslie–. Ahora arreglaremos esto.

La autoridad de su voz la irritó. Ella no era ninguna de sus empleadas. Ni siquiera era ya su mujer.

Pasándose las manos por la cara se ordenó mantener la calma sabiendo que una discusión no resolvería nada. Se fue al salón y se enroscó en el sofá pensando en Ben mientras contemplaba el fuego.

Era la persona más ambiciosa que conocía, un hombre que había conseguido un éxito asombroso a una edad muy temprana. Con sólo treinta y dos años, era el propietario en exclusiva de tres lujosos hoteles que bullían de ocupación y con una lista de espera enorme. ¿Cuánta gente podía decir lo mismo?

Al principio habían tenido muchas cosas en común. Criados por padres separados de clase media y baja, habían estado acostumbrados a vivir con muy poco dinero. Pero Ben siempre había tenido planes. Había concebido su idea de los hoteles a los quince años y no había dejado que nada se interpusiera en su proyecto hasta verlo hecho realidad.

Incluyendo su mujer.

«¡Oh, párate!», se ordenó a sí misma.

Ella también había contribuido al fracaso de su matrimonio. Y ahora, cuando se sentía más vulnerable que en toda su vida, se veía a solas con el hombre al que había amado tanto tiempo, el hombre al que había dejado en la más dolorosa decisión de su vida.

Decisiones. Aquella era otra decisión que necesitaba tomar, una que había retrasado demasiado tiempo. Había estado saliendo con Alex Jordan una temporada y él estaba esperando con paciencia a que ella tomara la decisión de pasar su relación a un nivel más profundo. Le había prometido que tomaría una decisión después de Año Nuevo.

Pero ahora no podía pensar en eso.

Erin. Pensaría en su radiante hija, tan poco parecida a Ben, que era todo truenos y tormentas, pero que había domado aquella faceta suya para adaptarse al mundo que había escogido. Echaba de menos aquella fuerza incivilizada e imprevisible de él. Se preguntó si se lo habría dicho alguna vez. Probablemente no. Otro error que había cometido.

Ben salió de la habitación de Erin y cerró la puerta tras él. Leslie admiró un minuto al hombre alto y de anchos hombros, poderoso y delicado con su hija. Y mucho más con Leslie.

El deseo la saltó por sorpresa. Intentó respirar para ahogar la oleada de recuerdos de lo que parecía una vida entera de separación. Aquello era un error. No podía mantener una conversación casual con él porque notaría que todavía lo deseaba. Lo necesitaba. ¿Cómo podría no notarlo? Ella ya había perdido el control una vez esa noche.

—Me iré mañana después de desayunar —dijo de forma brusca sin dejar de mirarlo—. Este año te toca a ti tenerla en navidades. No quiero interferir en un tiempo tan precioso.

—¿Qué vamos a hacer con Erin?

—Le diré que me han llamado del trabajo.

—Quedamos en que nunca le mentiríamos.

Ella lo miró por fin.

—Dame otra opción.

Después de un minuto, él sacudió la cabeza.

—Esto es culpa de Gabe. Es el que nos ha puesto en esta disyuntiva.

—Los dos sabemos que Gabe no va a cambiar nunca, así que habrá que aguantarse.

—¿Y lo has perdonado?

—Estoy procurando concentrarme en controlar la

situación. No podemos decirle a Erin que no nos llevamos lo suficiente bien como para no poder compartir el mismo espacio unos cuantos días, Ben. Siempre hemos hecho lo posible por ser civilizados. Y ahora te toca a ti. Son tus navidades.

–No es fácil tener el divorcio perfecto, ¿verdad?

–Ha merecido la pena por Erin –Leslie esperó sin saber qué decir con la garganta seca–. Entonces todo arreglado.

Después de unos segundos, él asintió.

Y aquella diminuta llama de esperanza que todavía ardía en su pecho, se apagó.

Ben soñó con una mujer que lloraba. Intentando consolarla, se acercó a ella y la rodeó con sus brazos, la atrajo hacia sí y enterró los labios en su fragante pelo. Las manos de ella se deslizaron por su espalda antes de bajar por su cuerpo. Ella estaba desnuda y él también. Ben inclinó la cabeza para besarla y ella gimió, su lengua encontró la de él y su cuerpo se frotó sedoso contra el de Ben. El ardor le subió por el abdomen y susurró su nombre...

Abrió los ojos de golpe intentando recuperar el aliento ante aquellas imágenes eróticas. Empapado en sudor, apartó las mantas y se frotó la cara. Había sido tan real...

No tenía dudas de a quien abrazaba en el sueño. A la misma mujer que dormía con abandono en la habitación contigua. Miró el reloj: las dos de la mañana.

Tenía sed, así que se puso los pantalones del chándal y se dirigió a la cocina deteniéndose al llegar al salón. Ladeó la cabeza y escuchó antes de dirigirse a la ventana y correr la cortina.

No lo había soñado. Les estaba en el porche llorando con la cabeza enterrada entre las piernas y cubierta con una manta afgana.

Dejando caer la cortina de nuevo, Ben se apoyó

contra la ventana. No recordaba la última vez que la había visto llorar. Ni siquiera cuando se habían separado y se habían dicho cosas horribles.

¿Qué podía ser tan devastador? Desde luego, ningún problema de trabajo. En los diez años que llevaba en el departamento había demostrado su valía una y otra vez incluso ante su padre, que era la tercera generación de inspectores de policía. Hugh Sullivan no creía en las mujeres policías y mucho menos detectives, un puesto que Les había alcanzado seis meses atrás. Inspectora Leslie O´Keefe, Unidad de Violencia Doméstica.

Ben nunca se había acostumbrado a que ella fuera policía, sobre todo cuando la veía de uniforme, que era cuando la realidad de su trabajo le asaltaba por completo. Pero era buen en su trabajo, eso lo sabía.

Entonces, ¿qué posibilidades quedaban? ¿Un hombre? ¿Qué otra cosa podía producirle aquellas desconsoladas lágrimas? Ben sabía que estaba saliendo con alguien. Él mismo los había visto cenar a la luz de las velas dos meses atrás y la imagen le asaltaba con extraña frecuencia.

Otro hombre la había abrazado. La había besado. Le había hecho el amor. ¿Habría roto con él?

Apartando la cortina de nuevo la miró. Había dejado de llorar y estaba mirando a la oscuridad contrayendo los hombros de vez en cuando, como hacía Erin cuando lloraba. La diferencia era que Leslie no querría su consuelo.

Con impotencia, volvió a su habitación dejándola que superara su desconsuelo en privado.

Capítulo Dos

Ben escuchó el sonido distante de alguien que tarareaba y el siseo de algo friéndose en la sartén. Y olía a cebollas salteadas. ¿Había algún aroma que hiciera más la boca agua que aquél? Erin debía estar ansiosa por subir a las colinas.

Cerrando la puerta de la habitación tras él, siguió el aroma hasta la cocina. Pero no era su hija la que estaba ante la cocina tarareando un villancico. Era su ex mujer.

Se apoyó contra el marco de la puerta y la observó. Estaba cortando champiñones con habilidad con un largo cuchillo de cocina y parecía no ser la primera vez que lo hacía. Si no lo hubiera visto con sus propios ojos...

–¡Estás cocinando! –dijo incapaz de contener su asombro.

El canturreo se paró en el acto. Les se dio la vuelta con el cuchillo en la mano y una sonrisa.

–Buenos días.

¡Dios, qué guapa estaba! Llevaba una larga camisa roja sobre unas mallas negras. Sin sujetador. Ella odiaba los sujetadores y creía que habían sido diseñados por algún torturador. Sus senos no eran pequeños, pero tampoco grandes. Perfectamente formados y se endurecían con facilidad. Su mirada se deslizó hacia las largas piernas deteniéndose en su pies desnudos.

Casi se había olvidado de su otra aversión: los zapatos eran para ella el invento más torturante de la humanidad. Ben no se había olvidado de cómo le había lamido los dedos de los pies en la bañera. La imagen le asaltó con tanta claridad como si estuvieran los dos desnudos entre las burbujas jugueteando el uno con el otro. ¿Quién hubiera pensado que los dedos de los pies podían ser tan eróticos?

–Sigues sin ser muy hablador por las mañanas por lo que veo –dijo ella sonrojándose.

–¿Cuándo has aprendido a cocinar?

–Erin me ha estado enseñando lo que tú le has enseñado a ella –el sonrojo fue en aumento–. Y, por supuesto, era asunto de supervivencia. ¿Cómo podría una madre decente criar a su hija sólo a base de cereales y comida rápida? Lo más sorprendente es que me gusta cocinar. Aunque no soy ni la cuarta parte de buena que tú, pero comemos cosas saludables.

–También has engordado un poco. Tienes buen aspecto, Les.

Ella se dio la vuelta para poner los champiñones en la sartén.

–Ahora hago ejercicio. Supongo que será más masa muscular.

–¿Necesitas ayuda? –preguntó acercándose a ella por detrás.

Les dio un paso a un lado para agarrar el cuenco con los huevos batidos.

–No, gracias. La mesa ya está puesta. Las patatas fritas están en el horno para que no se enfríen junto con los muffins. Sólo faltan los huevos. El café también está listo.

–¿No esperas por Erin?

–Ya se levantará.

–No oí ningún ruido al pasar por delante de su habitación.

–No te preocupes. Siempre llega a tiempo.

Ben se preguntó por qué estaría tan animada después de lo que él había visto por la noche.

–Te sientes mejor esta mañana.

Les volcó los huevos sobre los champiñones y la cebolla.

–Sí, gracias. Es sorprendente lo que puede conseguir un buen sueño. Ben, si de verdad quieres ayudar, deja de observar cada uno de mis movimientos. Ya es difícil cocinar para un chef. Si me empiezas a criticar...

–No iba a hacerlo. Sólo estoy sorprendido.

–La vida sigue, ¿verdad? Estoy segura de que estarás ansioso por empezar tus vacaciones. Limpiaré esto cuando hayamos acabado y después me iré.

–Creo que deberías quedarte, Les.

Ella frunció el ceño.

–No puedo hacerlo. ¿Dónde iríais Erin y tú a estas alturas?

–A ningún sitio. Quiero decir que no podríamos mentirle o darle un disgusto. Siempre la hemos antepuesto a todo, así que podríamos hacerlo por ella.

Les mantuvo la espátula inmóvil en la mano mientras clavaba la mirada en la de él.

–¿Estás seguro?

Él asintió.

–No sé qué decir.

–Feliz Navidad –saludó Erin entre bostezos.

–Buenos días, cariño. ¿Has dormido bien? –preguntó Ben.

–¡Desde luego que ha dormido bien! Tenía todas las mantas.

Leslie observó a Erin abrazarse a su padre. Le había costado gran esfuerzo no darle un beso esa mañana cuando lo había encontrado detrás de ella como salido de sus sueños. Y ahora su oferta de que se quedara.

–Creo que esta noche dormiré en el sofá.

–¿Por qué no duermes con papá? Probablemente no te robe todas las mantas. Está acostumbrado a compartir.

Leslie clavó la mirada en la de Ben durante cinco largos minutos. Dos imágenes luchaban en su cabeza: la de Ben durmiendo con otra mujer mientras su hija pasaba la noche con él, cosa que le resultaba difícil de creer y la de ella compartiendo su cama de nuevo. Se preguntó si la sugerencia de su hija sería tan inocente como la expresión que tenía. La expresión de Ben, por otra parte, distaba mucho de ser inocente.

—El sofá estará bien —dijo pasando los huevos a una bandeja—. El desayuno está listo. Sentaos. Los dos.

—Pero mamá, le he oído a la tía Mimi que darías lo que fuera por volver a dormir con papá una sola vez. Ahora puedes.

Leslie no se atrevió a mirar a Ben, que ni había pestañeado. Pudo sentir el ardor de su mirada traspasarle la ropa y el recuerdo le erizó los pezones en el acto. Un fuego líquido le recorrió el abdomen al acordarse de sus caricias, de la sensación de él llenándola, de su gran cuerpo cubriendo el de ella y sus manos abarcándole el trasero para apretarla más contra sí. De sus embestidas fuertes y seguras.

Ben dio un paso hacia ella.

—Sentaos —dijo con voz ronca antes de dejar los platos y retirarse a su habitación sintiéndose vulnerable y excitada. ¿Por qué no podía sentir aquello con Alex? ¿Por qué sus besos no le hacían desear tirar por la borda la cautela y gritar su placer a los cuatro vientos?

Ben. Siempre era Ben. El sexo entre ellos había sido fenomenal, incluso la primera vez, la noche en que se habían graduado en el colegio. Les habían dicho a su padres que se iban a la playa de Santa Cruz a pasar toda la noche en la fiesta de graduación, pero habían buscado un hotel. Se pasaron la noche explorando sus cuerpos, permitiéndose la libertad de llegar al final después de años de besos y caricias cada vez más íntimos hasta el punto de no poder soportarlo. Había sido una noche increíble, también, dulce y desbordante al mismo tiempo. Y desde entonces, el sexo había mejorado y la intimidad había sido completa.

Leslie había imaginado que sería así para siempre. Sólo ellos. Nadie más. Pero él ya debía haber estado con otra mujer desde su divorcio, estaba segura. Y pensarlo era doloroso.

Una suave llamada en la puerta la devolvió al presente. Dio un par de pasos y abrió.

—¿Te encuentras bien?

¿Cómo ya no era capaz de descifrar sus pensamientos con sólo mirarlo?

En ese momento lo odió. Odió que todavía tuviera poder para alterarla de aquella manera. Nadie debería tener aquel tipo de poder sobre otra persona.

Pero el odio se desvaneció tan rápido como había llegado.

–No, Ben. No me encuentro bien. No he estado bien desde hace algún tiempo. Y cada vez que creo que estoy en el buen camino, algo se estropea. Estoy cansada de vivir así.

–Si hubiera sabido que iba a ser tan duro, no habría...

–Ya lo sé.

–Ahora estamos atrapados, ¿no? Erin sabe que vas a quedarte. No podemos cambiar de idea.

Leslie se frotó la frente con debilidad pensando en la cara de su hija. En sus ojos brillantes, en las pecas de su nariz, en la ancha sonrisa y en su exuberancia.

De acuerdo, podría hacerlo. Además no iba a estar sola con Ben. La tentación quedaría atemperada por la presencia de la niña. Podría salir bien. Tenía que salir bien.

–Simplemente no me mires como lo hiciste en la cocina. Mantén la distancia y yo también la mantendré. De alguna manera, saldremos de ésta.

Cuando volvieron al comedor, Erin deslizó la mirada de uno al otro. Tenía las manos en el regazo y el plato vacío.

–¿Estás enfadada, mamá?

Leslie le besó en la cabeza al pasar y agarró el cuenco más cercano.

–Estoy bien –sonrió–. Tu padre ha quedado alucinado de verme cocinar. No le habías dicho que me habías dado clases.

Erin frunció el ceño.

–Ése ha sido siempre el trato. Yo no le hablo a papá de ti ni a ti de él.

¡Qué papel tan equilibrador jugaba Erin! Pero al intentar protegerla de algún conflicto entre ellos, ella y Ben también la habían puesto en la difícil posición de no hablar de los buenos momentos que habían pasado juntos.

19

Miró a Ben que evidentemente estaba meditando en las palabras de Erin. Después deslizó la mirada hacia Leslie con los labios apretados.

–Ese jersey es muy bonito –le dijo Leslie para aliviar el difícil comienzo.

–¿No lo habías visto? Me lo ha regalado Erin para que me lo pusiera el primer día que fuera a esquiar.

–Carly la llevó de compras, así que lo envolvieron antes de que pudiera verlo.

–Carly te ha ayudado mucho.

–Sí. Me gustaría haberla conocido antes. Ha sido maravillosa. Hace todo el trabajo de la casa menos la cocina, que la repartimos entre los tres. Y la mayor razón de tenerla en casa es que no tengo que preocuparme por Erin si tengo que trabajar más horas de la cuenta.

–Yo ya soy bastante mayor para quedarme sola.

–No, no lo eres –respondieron sus padres al unísono.

–Cariño, a veces ni siquiera te despiertas aunque te suene el teléfono al oído. Creo que hasta podrías seguir dormida en medio de un terremoto.

–Pero mamá...

–Tu madre tiene razón. En esto no hay discusión, nena.

–De todas formas, ¿a dónde iría Carly? –preguntó Leslie–. Ahora somos su familia. Ella también nos necesita.

–Me sorprende que la hayas dejado sola en Navidad.

–Ha aceptado un trabajo para cuidar a un enfermo de Alzheimer mientras Erin estuviera fuera. Eso le ha dado la oportunidad de sacar un poco más de dinero durante las vacaciones –se detuvo y miró a Ben expectante–. Bueno, ¿qué te parece? Me refiero al desayuno.

–Está bueno, Les.

–También he empaquetado el almuerzo para vosotros dos.

–¿Nosotros dos? –Erin miró a su padre con el ceño fruncido–. ¿Por qué no puede venir mamá a esquiar?

Antes de que Ben pudiera contestar, Leslie intervino:

—No he traído los esquíes, cariño.

—Pero, mamá... —Erin se dio la vuelta hacia su padre—. Haz que venga, papá.

Ben no quería entrar en un debate. Todos estaban al borde del límite y pasar el día juntos no mejoraría la situación.

—Podrías alquilar el equipo, Les.

Agarró su plato vacío y lo llevó hasta el fregadero.

—Agradezco la invitación, pero paso —se acercó a él por detrás—. Deja los platos. Así tendré algo que hacer. Será mejor que os vayáis antes de que las pistas se llenen de gente.

Ben se fue con Erin, que no dejó de protestar.

—Volveremos a las cinco —se despidió desde el porche.

—No es justo —murmuró Erin al dar la primera curva—. A mamá le encanta esquiar. Deberías haberla hecho venir.

Su padre la miró de reojo. No recordaba haberla visto nunca tan beligerante.

—¿Vas a pasarte el día entero enfadada conmigo? Porque si es así, daré la vuelta hacia la cabaña y te dejaré allí.

La niña se quedó con la boca abierta.

—¿Quieres decir que irías sin mí?

—Estoy de vacaciones.

—Bueno supongo que no es culpa tuya. Debería estar enfadada con mamá, que es la que no ha querido venir.

—¿Por qué no te olvidas de enfadarte con nadie e intentas pasarlo bien?

Ella arrugó la nariz.

—Eso se dice muy fácil.

Ben lanzó una carcajada ante el sentido del humor de su hija.

—Bueno, ¿por qué vino mamá a la cabaña?

—¿Qué quieres decir?

—¡Vamos, papá! De ninguna manera pasaría mamá

la Navidad sola. Hubiera ido a casa del abuelo o del tío Brad y la tía Mimi. O a la del tío Chase o el tío Gabe...

—Ya te entiendo, cariño.

—Bueno, es verdad. A ella le encantan las navidades. Y a mí también me gustan mucho, ¿sabes? —miró por la ventanilla—. Quiero decir que me gusta estar contigo, papá, pero la Navidad es... bueno, es especial ¿sabes?

Ben aparcó a un lado de la carretera y se volvió a mirar a su hija.

—¿Y por qué no me lo habías dicho antes?

—Porque el acuerdo dice que tengo que turnarme las navidades.

—Erin...

Después de unos segundos, su hija lo miró.

—Eso sólo son palabras en un papel, cariño. Lo único que importa es lo que tú sientas. Si lo que hemos planeado no te hace feliz, tienes que decírnoslo. Lo cambiaremos. Por favor, no creas que tienes que cumplir todo lo que tu madre y yo firmamos en los tribunales. Siempre tendremos en cuenta tus necesidades primero.

—Eso es mentira.

Ben le rozó el pelo.

—No.

—Es mentira. Si hubiérais pensando en mí lo primero, no habríais aceptado ese estúpido divorcio.

Las lágrimas le empañaron los ojos y le rompieron el corazón a su padre. Erin trajinó con el cinturón de seguridad hasta que lo soltó y se arrojó a sus brazos.

—Lo siento, papi. Lo siento mucho.

Papi. Hacía mucho tiempo que no lo llamaba así. Mientras la mantenía abrazada, hizo un esfuerzo por recordar las razones de su divorcio, cómo les había roto los planes que habían hecho. Cómo le había excluido en su decisión de convertirse en policía. Cómo nunca había entendido que él estaba levantando su imperio para ella y para su hija. Él había sido tan pobre y su madre había trabajado tanto... Pero su vida sería diferente. Eso se lo había jurado a Leslie junto con los votos matrimoniales. Y había trabajado duro, muy duro, para obtener aquella seguridad financiera.

Entonces, cuando lo había conseguido, ella se había plantado negándose a trasladarse al ático de su primer hotel, negándose a abandonar su trabajo aunque ya no necesitaban su sueldo, la primera razón por la que se había unido a las fuerzas armadas.

Leslie se había hecho auto suficiente, independiente y distante.

Entonces él había comprado otro antiguo edificio, esa vez en Silicon Valley, la meca de la tecnología de California. Y había seguido trabajando. Otro hotel en Seattle.

Pero nada de eso había ayudado. Era su trabajo lo que la realizaba, no su marido ni su matrimonio, que había sufrido una lenta y penosa muerte.

Consciente de que Erin se estaba apartando de él, Ben clavó la mirada en los tristes ojos de su hija.

Él sabía lo que era ser un niño cargado de sueños. Los suyos se habían derrumbado a la edad que tenía ahora Erin, pero había conseguido que la decepción le llevara por un camino muy diferente, el del éxito y la seguridad. Se había jurado que su mujer y su hija no sufrirían nunca lo que él. Su hija no iría nunca a la cama con hambre. Tendrían dinero para su educación aunque él muriera joven, como su padre. El padre de Ben le había fallado, pero él no fallaría a su hija.

–¿Todavía quieres ir a esquiar?

–Supongo.

Era suficiente por el momento, pensó Ben mientras arrancaba de nuevo.

Cuando terminó de fregar los platos del desayuno, Leslie hizo la cama y pensó en hacer la de Ben pero cambió de idea. Había dejado la puerta cerrada, así que quedaría como estaba.

¿Cómo podía pasar un día descargada de responsabilidades?

Después de preparar masa para hacer unas galletas, las metió en el horno, puso el temporizador y se paseó por el salón. Una a una, se detuvo a contemplar las fotografías de la repisa de la chimenea y revivió aquellos momentos. Su matrimonio, parecían todos demasiado jóvenes para llevar aquellos trajes de adultos. Excepto Gabe, que parecía nacido para llevar un esmoquin.

Limpió el polvo con la punta de los dedos. ¿Quién hubiera pensado que acabaría así?

Ella y Ben habían planeado su vida de forma muy diferente a la que habían sido criados. Su padre había sido declarado desaparecido cuando Ben tenía seis años y habían proclamado su muerte unos años más tarde, por lo que él había tenido que adoptar el papel de hombre de la casa a una edad muy temprana. Y Leslie había carecido de modelo femenino porque su padre no había vuelto casarse desde la muerte de su madre, cuando Leslie tenía ocho años.

Con un suspiro volvió a posar el marco y agarró la de ella embarazada de Erin. ¡Cómo habían cambiado sus vidas desde entonces! Ben estaba terminando sus estudios en al Academia Culinaria de California. Su crédito para los estudios era una gran carga, pero la falta de seguro médico aún lo era más. Al menos el nacimiento había sido normal y Erin estaba sana. Las do salieron del hospital el mismo día y los gastos habían sido los mínimos.

Pero las visitas al pediatra eran costosas y las necesidades de un bebé muchas. Sus sueños de quedarse en casa habían durado menos que una niebla matutina. Necesitaban los ingresos y el seguro, así que sin consultar a Ben, había echado una solicitud en la Academia de Policía y no se lo había contado hasta recibir la aceptación. Ella provenía de varias generaciones de oficiales de la policía de San Francisco y se había criado entre policías alrededor de la mesa de la cocina contando sus historias. Era un mundo en el que se sentía cómoda y el trabajo estaba bien pagado para su limitada experiencia.

Además Ben tendría menos preocupaciones financieras. Había estado tan excitada cuando se lo había contado, pero entonces todo se había derrumbado. Él se había sentido dolido y enfadado de que lo hubiera aceptado sin consultarle. Nada volvió a ser lo mismo desde entonces.

El temporizador del horno dio la alarma interrumpiendo sus pensamientos. Agradecida, sacó las galletas y metió la última bandeja en el horno.

Se paseó de brazos cruzados en espera de que pasaran los otros diez minutos deseando de nuevo poder compartir sus problemas con Ben. Cuando se había convertido en oficial de policía, había intentado compartir lo que le pasaba cada día, pero él se había encerrado en sí mismo prefiriendo no saberlo y hasta negándose a ir con ella para ver lo que conllevaba su trabajo. Leslie había aprendido a levantar un muro frente a sus emociones dejando su trabajo atrás al volver a casa cada día. Con el tiempo, cada vez había sido más fácil separar su trabajo de su vida privada.

En ese momento sonó el teléfono sobresaltándola. Si era Gabe, iba a tener unas cuantas palabras con él.

—¿Hola?

—Eres una mujer muy difícil de localizar.

—¿Alex? —su voz normalmente dulce, estaba cargada de curiosidad e irritación—. ¿Cómo me has encontrado?

—Soy del FBI. Puedo encontrar a cualquiera.

—No, no es verdad. ¿Cómo sabías que estaba aquí?

—Ya estaba un poco desesperado, así que llamé a tu amigo Gabe. ¿Qué es lo que está pasando, Les? ¿Por qué has desaparecido sin llamarme?

Oh, ya sabía lo que pretendía Gabe. Había imaginado que Ben contestaría al teléfono y se pondría celoso al ver que la llamaba otro hombre. Desde luego, Ben era imposible, aunque le quisiera.

—¿Te has enterado de lo que pasó?

—Sí, pero me habría gustado que me lo hubieras contado tú.

—¿Ya ha salido en la prensa?

–Sí, en los periódicos y en la televisión.

–Ahí tienes la respuesta, Alex. No quería estar en casa ni verlo.

–Entonces, ¿dónde estás exactamente?

–En una pequeña cabaña en las montañas.

–¿Quieres compañía?

Se lo podía imaginar, tan repeinado y la mirada intensa en busca de la verdad. Como agente del FBI era bueno, como amigo, considerado y educado.

–La verdad es que no estoy sola. El avión de Ben y de Erin tuvo problemas así que cambiaron de planes y vinieron aquí. Nos hemos llevado todos una sorpresa.

Él no dijo nada durante un minuto.

–¿Y vas a quedarte?

Ella cerró los ojos.

–Sí.

–¡Qué encantador por tu parte!

¿Sarcasmo? Alex siempre era muy controlado y apenas revelaba sus emociones. Era un hombre fuerte y bueno y entendía su trabajo, sus presiones, las frustraciones y las atrocidades. Escuchaba, hacía preguntas y prestaba atención a las respuestas. ¿Por qué el corazón no se le desbocaba con él como con Ben?

–Por favor, Alex. Esto es todo muy complicado.

–Ya sabes lo que siento por ti. Esto va a cambiarlo todo.

–Los motivos de mi divorcio no han cambiado. Él no quiere estar casado conmigo.

–Estaréis compartiendo unas vacaciones familiares, aislados con vuestros recuerdos. Y Erin sueña con que sus padres se reconcilien, ¿no es verdad?

–Sí.

«Y yo también», pensó ella sin poder evitarlo.

–¿Y qué pasará cuando sus sueños no se hagan realidad? ¿Qué harás para evitar que sienta decepción? ¿Y qué hará Ben? ¿Cuánto sacrificaríais por Erin? –bajó la voz–. ¿Cómo se supone que puedo competir yo?

–No entiendo lo que me quieres decir.

–La semana pasada dijiste que tendrías una respuesta para mí en Año Nuevo y apostaría la vida a que la respuesta va a ser diferente ahora –se detuvo un segundo–. Haz lo que tengas que hacer. Siempre supe contra lo que estaba luchando.

Entonces colgó.

Las emociones se mezclaron en su interior y Leslie se acercó a la ventana. No quería pensar en haberle hecho daño a Alex. Necesitaba pensar en otra cosa.

La soledad la envolvió como una tela de araña. No tenía nadie en quién apoyarse. Quizá no lo hubiera tenido nunca. Ben era alguien con quien contar, pero no en quien apoyarse.

Cuando las galletas estuvieron hechas, se puso la cazadora y los guantes, se metió unas galletas al bolsillo y salió a dar un paseo resuelta a ponerse de mejor humor. Después de todo, era el día de Nochebuena.

Un tiempo de paz..

En el profundo cielo azul flotaban algunas nubes blancas. Un viento glacial susurraba entre los árboles una tentadora melodía que le hizo sonreír y alzar la cara hacia la brisa. Se detuvo y cerró los ojos.

A algunas personas les gustaba más la primavera, el tiempo universal de la renovación, pero ella adoraba el invierno porque el invierno traía la Navidad, un tiempo en que cualquier cosa podía suceder.

Abrió los ojos y se dio la vuelta para mirar a la cabaña con el tejado cubierto de nieve y el pintoresco remolino de humo por encima de la chimenea.

En ese momento pasó un coche por la carretera y era una imagen tan extraña allí que no pudo evitar mirar al conductor, un hombre de unos cuarenta y tantos años con brazos rollizos y una amplia sonrisa en la cara. Se detuvo y bajó la ventanilla.

–Feliz Navidad –gritó.

–Feliz Navidad.

–¿Es la dueña de esa cabaña?

–¿Por qué?

El hombre sonrió con tolerancia.

–Estoy buscando un sitio aislado para alquilar, alejado del tráfico y de las pistas de esquí. Ésta sería perfecta.

—El propietario no la alquila.

—Pagaría bien.

Leslie sacudió la cabeza deseando al instante tener su pistola aunque el hombre ni siquiera había hecho ningún movimiento para salir del coche.

El hombre sacó algo por la ventanilla. Era una tarjeta de visita.

—¿Podría darle esto al dueño y decirle que pagaré lo que sea?

—No está en alquiler.

La cara del hombre se puso más roja, metió el brazo y arrancó con un chirrido de llantas.

Cuando se fue, Les pensó que había dicho que le diera la tarjeta como si supiera que el dueño era un hombre. ¿Sería sólo una forma de hablar? ¿O sabría que el propietario era un hombre?

Y considerando la precaria situación de Sebastian y las razones por las que estaba escondido, era para sospechar.

¿Pero para qué iba a ofrecerle una tarjeta con su número de teléfono si quería hacerle algún daño a Sebastian? De acuerdo, aquél era un buen punto. Su trabajo la hacía sospechar demasiado de la gente en general.

Que era la parte más triste de su vida.

Capítulo Tres

Después de la cena se sentaron ante la chimenea, con Erin enroscada entre sus dos padres como en las navidades del pasado.

Leslie observó a Ben atizar el fuego. Había envejecido bien y sin embargo, lo podía recordar de adolescente. Su cuerpo era diferente ahora, más maduro, pero su sonrisa seguía arrugándole el rabillo del ojo.

Deslizó la mirada por sus firmes nalgas y admiró sus fuertes piernas.

Entonces sacudió la cabeza.

—Creo que ya esa hora de irse a la cama, jovencita. O Santa Claus no llegará.

—¿Santa? Eso es para los bebés.

—¿Ah, sí? Bueno, pues tú eres mi bebé y yo digo que Santa no te traerá nada a menos que te metas en la cama. Estamos en una ruta diferente este año, ya lo sabes.

—Pero si ya me has dado los regalos en casa.

Leslie la miró con intensidad hasta que Erin parpadeó y rodó de medio lado.

—¿Vendréis a darme un beso de buenas noches?

—Desde luego.

—En cinco minutos.

—Allí estaremos —Leslie la observó ir y se fijó en que Ben hacía lo mismo—. Ésta es su última Navidad de niña pequeña.

—¿Por qué dices eso?

—El año próximo tendrá doce años y puede que mientras tanto le llegue el período. Entonces estaremos discutiendo si dejarla ponerse maquillaje y esa ropa rara que les gusta a las adolescentes —lanzó un suspiro—. Me encanta esta edad. Todavía es cooperativa y feliz. Es sólo un poco caprichosa. ¡E inteligente! A veces me asusta lo inteligente que es.

Leslie no quería empezar una discusión seria con Ben, que estaba un poco silencioso desde que habían vuelto de esquiar. De repente se le ocurrió que estaba a punto de decirle algo importante. Quizá estuviera saliendo en serio con alguien. Quizá... ¡Oh, Dios! Quizá fuera a casarse de nuevo. No se lo diría esa noche, ¿verdad? No podría soportarlo.

–Ha pasado rápido –dijo al sentarse en el sofá–. ¿Te sientes vieja, Les?

Su cuestión la sorprendió.

–A veces siento como si la vida se me pasara volando, pero no me siento vieja. Me niego a pensar que treinta y dos años es ser vieja.

–Yo me siento a veces increíblemente viejo. Bueno, quizá viejo no sea la palabra adecuada. Es como si hubiera estado en un remolino o en una de esas ruedas para hámsters que giran sin cesar.

–Eso sí lo has hecho. Pero has conseguido todo lo que querías.

–Profesionalmente sí. Supongo que me siento listo para un cambio.

Leslie se frotó las piernas con las manos, un gesto que Ben no supo interpretar.

–¿Más hoteles?

–No lo sé. Nunca había pretendido tener tantos. He sido capaz de crear ambientes completamente diferentes en cada uno y creo que podría construir más con el mismo éxito. Pero estoy cansado de viajar –sacudió la cabeza–. Sin embargo, es el toque personal lo que les ha dado el éxito. La gente quiere saber con quién está haciendo sus negocios.

–Parece como si tuvieras que tomar decisiones.

Ben vaciló. La conversación que había tenido con Erin esa mañana no dejaba de acosarlo. No sabía cuanto debía contarle a Les. Ella ya debía tener bastante en su cabeza, eso lo notaba. Se preguntó si sabría lo mal que lo estaba pasando Erin con su divorcio.

–¿Decisiones? Bueno supongo que no me he alejado

30

de los negocios lo suficiente como para dejar vagar la mente. Es mi vida personal la que necesita cambios –decidió contarle lo de Erin–. Les, tenemos que hablar.

–Puede que Erin nos esté esperando –dijo ella levantándose.

Pillado por sorpresa, Ben la observó alejarse. Debería estar agradecido de que el momento se hubiera acabado, pensó.

Cuando Les se sentó al borde de la cama de Erin, Ben tuvo que hacer un esfuerzo por no sentarse a su lado como solía hacer. ¡Dios, cómo echaba de menos aquella escena!

Una punzada de soledad lo asaltó. Había creído que era mejor estar solo que sufriendo, pero ahora se preguntó si sería verdad. Aquello era penoso, su anhelo de volver a tener una familia y saber que no saldría bien. Los mismos problemas que antes se interponían entre ellos.

Él había luchado por mantener a su familia unida y eso no había cambiado nada.

Y la ironía era que ahora que tenía medios para mantener bien a su familia, no tenía familia. Sólo fragmentos de una, parcelada en cortas visitas. Al menos si algo le ocurriera ahora, Erin quedaría cubierta y también Les, si lo necesitaba.

De eso estaba orgulloso.

Les se levantó para dejarle sitio y Ben abrazó a su hija.

–Buenas noches, cariño.

Ella le apretó con más fuerza de lo normal y le susurró al oído:

–Así es como debería ser, papi.

La culpabilidad se unió al resto el remolino que tenía dentro, impidiendo que pudiera contestarla. No podía decirle que todo sería como antes porque no podía ser. Así que le dio las buenas noches y se fue.

Leslie le siguió un minuto más tarde. Lo encontró apoyado contra la repisa de la chimenea mirando el fuego. Se sintió tentada de frotarle la espalda o tranquilizarlo de alguna manera, pero mantuvo la distancia.

–¿Pasa algo malo? –le preguntó.

31

El teléfono sonó en ese momento. ¿Quién llamaría el día de Nochebuena? Gabe no se atrevería. Sebastian no podía llamar y si fuera la madre de Ben, Leslie sentiría ganas de llorar. Echaba mucho de menos a Maura, la mujer que le había servido de madre durante sus años de adolescencia. Aunque no habían perdido el contacto por completo, su relación era diferente ahora, más distante.

La llamada era para Ben. Leslie no pudo averiguar quién estaba al otro lado de la línea, aunque era evidente que se trataba de negocios.

Decidiendo dejarle intimidad, se puso la cazadora de esquiar y salió al frío viento que le había helado las lágrimas la noche anterior.

Se apoyó contra la barandilla del porche. Después de un minuto, oyó abrirse y cerrarse la puerta y el sonido de las botas de Ben en las planchas de madera.

–No tenías por qué irte –dijo Ben apareciendo a su lado.

Ella se volvió con tanta brusquedad que perdió el equilibrio. Ben la sujetó con las dos manos manteniéndola en pie mientras ella lo miraba a través de la oscuridad.

–No tengo regalo para ti –dijo con suavidad.

–Yo tampoco –replicó él con la misma suavidad sin soltarla.

–¡Oh, Ben! ¿Cómo hemos llegado a esto? –se apretó a la solapa de su cazadora–. No, no tengo por qué preguntártelo. Yo lo sé. Al menos lo que pasó por mi cabeza.

Aflojó las manos y pasó por delante de él para volver a entrar en la casa preguntándose qué hacer con las emociones que amenazaban con ahogarla.

Él no al siguió sino que le dio tiempo para pensar. Les miró de nuevo las fotos. ¡Qué simple había sido la vida entonces para todos! ¿Quién hubiera creído que sus vidas avanzarían por tan extraños derroteros? Ben y Leslie divorciados. Sebastian a la fuga después de haber sido acusado falsamente de un crimen. Chase casado y esperando un bebé. Gabe...

El aire gélido entró en la habitación al abrirse la puerta. Ben entró arrastrando un cubo con un pino.

–Lo vi esta mañana. No podemos tener una verdadera Navidad sin un árbol, ¿no crees?

–Pero el suelo estaba helado, Ben.

Él esbozó aquella media sonrisa tan familiar y volvió a ser el Ben que ella recordaba, espontáneo, generoso y divertido. Se había apartado de ella hacía tanto tiempo... Mucho antes del divorcio. Nunca pensó que volvería a verlo así de nuevo.

Encontraron un mantel para envolver el cubo y crearon adornos del rollo de aluminio antes de poner los regalos de Erin. Casi a media noche, Leslie recordó cuando habían acabado. En Navidad, su época favorita del año.

–Erin quedará sorprendida –dijo prendiendo una hoja de aluminio en una rama.

Él la miró a los ojos y ella se estiró.

–Es para ti, Leslie.

Las lágrimas le asomaron a los ojos y parpadeó. ¿Se podría sentir todavía peor alguien? Ella no tenía nada para él, al menos nada que él deseara aunque desde luego había algo que quería darle.

–No llores –susurró él con voz ronca y tierna.

–No estoy llorando. Es sólo que me pones tan furiosa –dijo apretando los puños.

–Eres tú la que siempre ha insistido en que la Navidad es mágica.

–Ya lo sé –tragó saliva cuando vio que él acortaba la distancia entre ellos–. Pero tú no.

–Acepta el regalo con el espíritu que se te da, Les –le rozó la mejilla con los labios– Feliz Navidad.

Ben ladeó la cabeza como atraído por un potente imán. Ella lo besó con una caricia suave como una pluma, entonces él gimió y apretó con más fuerza. Las oleadas de ardor la atravesaron. Aquel era Ben, el hombre la que había amado desde los catorce años. Era su boca la que estaba sobre la de ella. Por fin. Después de una eternidad de privación allí estaba de nuevo, tentándola con su lengua, buscando su boca, con la respiración jadeante y cada vez más exigente. Ella le devolvió beso con beso, gemido con gemido, caricia con caricia.

Él alzó la cabeza con la confusión nublándole los ojos.

–No deberíamos estar haciendo esto –dijo, pero apretó los brazos alrededor de ella.

A Les le vibró la garganta con cada sonido cuando sus manos se cerraron sobre su trasero para atraerla más hacia sí antes de moldear su vientre contra la dura forma masculina de él familiar y a la vez no. Deslizó los brazos para enroscarlos alrededor de su cuello buscando el equilibrio mientras se movía contra él. Susurrando su nombre, Ben le alzó la pierna hasta su cadera manteniéndola allí sólo con su fuerza, atrayéndola aún más cerca. Leslie no podría moverse aunque hubiera querido. El sabor de él era salvaje y exótico y amenazaba con llevarla a la cúspide mientras susurraba su nombre entre besos cada vez más desesperados.

¿Desesperados? Leslie acabó el beso de forma abrupta. Todo lo que no quería que sucediera estaba sucediendo y ella lo estaba permitiendo. Eso sólo traería más dolor.

–Párate. Por favor, tenemos que parar.

A regañadientes, Ben la soltó. Había creído que podía darle un simple beso, de los que los viejos amigos compartían, algo suave y rápido sin expectativas para ninguno de los dos.

–Ha sido culpa mía –dijo ella por fin–. Ha pasado... mucho tiempo.

¿Querría decir mucho tiempo sin él o sin nadie?

–¿De verdad?

–Bueno, he salido con gente. Y tú también –se cruzó de brazos–. Te habrás acostado con las mujeres con las que has salido, supongo.

«¿Y tú no, Les?», pensó. La idea le hizo sentirse un rastrero. Pero estaban divorciados. No le debía fidelidad. «Entonces, ¿por qué estás tan avergonzado?».

Algo cálido se enroscó en su vientre ante la posibilidad de que ella no hubiera tenido ningún amante. Alzó una mano para acariciarla, pero ella volvió la cabeza con gesto de defensa.

–No puedo acostarme contigo, Ben. Dormiré en el sofá.

Él le dio las buenas noches y entonces desapareció. Leslie dejó que le cedieran las rodillas, se desplomó en el sofá y enterró la cara entre las manos. Todavía podía sentir sus brazos alrededor de ella, su boca moviéndose de aquella forma tan especial que la volvía loca de deseo. También había podido sentir su necesidad, dura, tentadora y fuerte. Por supuesto que ella no se había acostado con ningún otro hombre. ¿Cómo podría comparar a ningún hombre con él?

Se reclinó contra los cojines y deslizó la mirada por una fotografía reciente de Chase y su mujer, Tessa embarazada. Leslie sintió una punzada de añoranza. No era sólo a Ben al que había perdido sino la posibilidad de tener otro hijo. Cuanto más esperara, menos posibilidades.

Demasiado cansada como para pensar en aquello, se cubrió con una manta afgana y cerró los ojos sabiendo que sus sueños estarían plagados de peligrosas imágenes de besos y deseos insatisfechos. Los senos le dolían y tenía los pezones todavía duros. Si sólo la tocara...

El vientre le ardía donde se había frotado contra él.

Ahogando un gemido, se apartó la manta y se dirigió a la ducha deteniéndose un momento en la puerta de la habitación de él. Deseando que la invitara y sabiendo que no lo haría e intentando decidir si debía estar agradecida o dolida de que pudiera resistirse.

Agradecida, decidió. Sí, definitivamente debería estar agradecida.

Ben escuchó el sonido de la ducha deseando no imaginarla desnuda y húmeda bajo el chorro, pero la imagen no desaparecía de su mente. ¿Por qué estaba pasando aquello? ¿Porque estaban rodeados de recuerdos? ¿Porque la infelicidad de Erin le había hecho mirar por segunda vez lo que había perdido? ¿Porque la vulnerabilidad de Les le tentaba una enormidad? Ella ni siquiera le había contado lo que había pasado, pero la sentía tan frágil y preocupada...

El agua se detuvo. Ben hubiera jurado que hasta había escuchado el sonido de la toalla al secarse y después se abrió la puerta del baño. Después un pesado silencio. ¿Se habría quedado dormida?

Sus pensamientos retrocedieron hacia el largo día. Le dolían los músculos de esquiar. Al menos el día había acabado bien después del tortuoso comienzo con Erin.

Hubiera deseado poder olvidar sus palabras, pero no podía.

«Es mentira. Si hubiérais pensado en mí nunca habríais aceptado ese estúpido divorcio».

Ben rodó de medio lado y metió una almohada bajo la cabeza.

Una mentira.

Apretó la mandíbula hasta que le dolió.

Con una maldición salió de la cama, apartó las cortinas de la ventana y dejó que el aire frío de la noche entrara en la habitación. Él no le había mentido a Erin, pero así lo percibía su hija. Apenas seis meses atrás Leslie y él habían estado hablando de lo bien que su hija se había tomado el divorcio. No podían evitar anteponerla a todo, aunque besar a Les no había tenido nada que ver con ello...

Se fue al cuarto de baño, se sirvió un vaso de agua y deseó haber comprado algo para la tirantez que sentía en los músculos. Vio la bolsa de noche de Les. Ella normalmente llevaba un pequeño botiquín. Con la mano en la bolsa, vaciló ¿Le sentaría mal que le revolviera sus cosas?

Lo dejó en la encimera y salió hasta el comedor.

–¿Les? –preguntó en voz baja.

–¿Qué?

–¿Has traído alguna aspirina?

La oyó moverse y vio su silueta recortada contra las brasas.

–¿Te duele la cabeza?

–Los músculos.

–Ah. Creo que tengo algo de ibuprofeno en la bolsa. Es mejor para los dolores musculares.

–Gracias.

Ben encontró el frasco. Entonces vio la píldora anticonceptiva y recordó lo que había dicho Erin:

–La tía Mimi dice que darías lo que fuera por acostarte una sola vez con papá.

¿O lo habría entendido mal él? Después recordó el tono acusador con que le había dicho que él se había acostado con las mujeres con las que había salido.

Si ella no había tenido otro amante, ¿por qué no? Había pasado mucho tiempo...

No podía hablar con ella esa noche en la oscuridad y después del beso que habían compartido. La atracción física no había muerto. En todo caso era aún mayor. Si se quedaba a solas con ella...

Sus ansiosos gemidos retumbaron en su memoria junto con la sensación de su cuerpo y el sabor a miel salvaje de su boca. El distintivo perfume de su excitación le produjo una oleada de deseo.

Inhaló con fuerza dos veces. No podía estar a solas con ella esa noche. Quizá nunca. Después de que volvieran a San Francisco sus vidas volverían a la normalidad y la llamaría para hablar de Erin.

Para un hombre que se enorgullecía de correr riesgos, se sentía ahora como un cobarde, escogiendo el camino seguro con Les. Pero algunos riesgos no merecían la pena porque algunas pérdidas no podían superarse nunca.

Capítulo Cuatro

–¡Mamá, despierta!

Leslie abrió un poco los ojos. Erin pegó la nariz contra la de ella antes de apartarse con una sonrisa en la cara.

–Hum...

–¡Feliz Navidad a ti también!

Navidad. Exacto.

–¿Qué hora es?

–Casi las seis de la mañana. ¿Puedo abrir mis regalos?

Las seis. Leslie gimió. Como mucho habría dormido tres horas. Cerró los ojos.

–No te vuelvas a dormir, ¿vale? ¿Has puesto tú el arbolito de Navidad?

–Papá y yo. Fue idea suya.

–Es genial. A él ni siquiera le importa la Navidad.

–Pero le importas tú.

Leslie se pasó los dedos ligeramente por los labios. Ben la había besado. No habían sido imaginaciones suyas. Poniéndose la manta afgana por los hombros, se incorporó antes de mirar al reloj. Parpadeó y miró de nuevo.

–Mi querida hija. Las cinco y veinte no son casi las seis en punto.

–Pero es lo más cerca de en punto.

La contagiosa felicidad de Erin la despejó por completo. Agarró a su hija y la envolvió en un fuerte abrazo. Su madre solía abrazarla así en los pocos años preciosos que habían tenido juntas. Su muerte había trastocado por completo la vida de Leslie y nada había vuelto a ser lo mismo. Había necesitado a su madre y todavía la necesitaba. Lo que habría dado por poder hablar con ella, pedirle consejo, sentir sus brazos alrededor de ella de nuevo.

–¡Eres tan preciosa para mí! –le murmuró a su hija.

–¿Estás pensando en tu mamá?

–Sí.

Erin la abrazó con más fuerza.

–Yo no podría soportar que tú te murieras.

Leslie enterró la cara en el hombro de Erin deseando poder asegurarle que no, pero sabiendo que no podía. No le gustaba hacer promesas que no estuviera segura de poder cumplir.

–Por lo menos papá es más evolucionado que el abuelo.

¿Evolucionado? ¿De dónde habría sacado aquella palabra? Pero tenía razón. Ben era mejor padre que el que ella había tenido. Y Erin tendría a Chase y a Gabe y hasta a Sebastian cuando decidiera volver al mundo. Todos ellos mantendrían vivo el recuerdo de Leslie para su hija.

Apartando aquellos mórbidos pensamientos, abrazó un poco más a Erin feliz de que su hija casi adolescente no protestara sino que se relajara en sus brazos.

–Te diré una cosa. Yo iré a lavarme un poco mientras tú preparas el café y después podrás despertar a tu padre.

–Trato hecho.

Leslie la vio desaparecer en la cocina. Sonriendo, se levantó y la manta afgana cayó a sus pies. Arrellanó los cojines del sofá y se agachó a recoger la manta. Al levantarse vio a Ben de pie en el umbral mirándola con intensidad con los labios apretados.

Les no pudo decir una sola palabra y mucho menos cuando él deslizó la mirada ardiente por su cuerpo. Sintiendo los pezones erizarse bajo la camiseta del pijama de franela, apretó la manta contra su pecho.

Ben la miró y sus buenas intenciones se desintegraron al instante. ¿Cómo podía mantenerlas cuando la primera imagen que se encontraba por la mañana era a Leslie agachada con la camiseta baja y los senos suaves y cremosos? Y cuando sus pezones se contrajeron en puntiagudas crestas le hizo la boca agua y el cuerpo se le endureció. ¿Habría notado ella su reacción también?

–¡Feliz Navidad, papá!

Ben dio un respingo al oír la voz de Erin. Se había olvidado de que estaba allí. Les se apresuró a pasar por delante de él con la manta por los hombros en dirección al baño.

Lo había notado.

–Te has levantado un poco pronto, ¿no, cariño? –preguntó a su hija mientras se inclinaba frente al fuego.

–No si queremos tener tiempo de abrir los regalos antes de ir a esquiar.

–¿Prefieres pasar hoy?

Ella no dijo nada durante unos segundos.

–¿Está bien?

Él asintió.

–¿Irás tú o te quedarás conmigo?

–Me quedaré.

La niña se arrojó a sus brazos casi tirándolo en la chimenea.

–¡Gracias, papá!

–De nada –se dio la vuelta hacia ella–, la próxima ve, dime lo que quieres hacer, ¿de acuerdo?

–De acuerdo.

Erin salió bailando de la habitación antes de volver a los pocos minutos con una bandeja con dos tazas de café, una de chocolate y unas galletas.

–Esto es para matar el gusanillo hasta que desayunemos –dijo cuando Leslie se reunió con ellos.

Ben estudió a su ex mujer mientras hablaba con su hija. La mayoría de las mujeres que había conocido en los años anteriores dedicaban mucho tiempo a sí mismas, a su maquillaje, su pelo, ropa y zapatos. Les no llevaba ni una gota de maquillaje y sólo se había puesto unos vaqueros muy viejos y un jersey que él mismo le había regalado cinco años atrás. Se fijó en sus pies desnudos mientras Erin se acercaba a la chimenea y empezaba a abrir los pequeños paquetes.

Ben se sentó en el sofá notando cómo le ignoraba Les. Cada vez que miraba en su dirección, ella apartaba la vista. ¿Por qué estaría nerviosa?

—Esto es para ti, papá.

—¿Para mí? Pero...

—Parece la letra de mamá.

Un papel liso llevaba su nombre. Lo dio la vuelta. *Gracias por todo.*

Eran palabras simples. Sentimientos simples sin la firma salvaje que ella solía usar. Sin «amor para siempre». Ni siquiera su nombre. Maldición, deseaba algún mensaje más personal.

—Date prisa, papá. ¡No puedo aguantar!

Leslie vio que le temblaban las manos mientras trajinaba con la tapa y contuvo el aliento mientras él miraba dentro.

Erin se apoyó sobre su hombro para investigar.

—¿Qué es?

—Un dibujo muy feo. Se supone que es una figura humana —dijo Ben sacando el papel antes de mirar interrogante a Leslie.

Sorprendida consigo misma, ella soltó una carcajada.

—Es un pagaré.

—¿Por qué?

—Por un regalo que te daré al volver a casa.

—¿Qué es?

—Una sorpresa.

—No tienes ni idea, ¿verdad? Es sólo para ganar tiempo.

Ella sonrió.

—Sé perfectamente lo que voy a darte. Y lo que hay dibujado en el papel es una pista. Ya lo verás.

Ben posó la caja en la pierna.

—¿Necesita alguien usar el baño antes de que me duche?

—Yo —gritó Erin saliendo corriendo.

Leslie empezó a recoger los papeles de los envoltorios.

–No tenías por qué hacerme un regalo, Les.

–Ya lo sé. Sin embargo, te gustará.

–¿Podemos...? ¿Podrías mirarme, por favor?

Leslie ladeó la cabeza y mantuvo una mirada inexpresiva.

–¿Podemos mantener la situación relajada entre nosotros hoy?

–No estoy segura de lo que quieres decir. Todo está saliendo bien.

–Esto no ha sido fácil... el que estemos juntos, quiero decir. Hay tanta historia...

–Y atracción.

Ben la miró a los ojos.

–Sí, y puede que nosotros sepamos a qué nos enfrentamos, pero Erin no. No quiero confundirla, pero tampoco que se ponga excitada.

–¿No crees que esto alimentará falsas esperanzas, Ben?

–Si nos ve distantes, ella se pasará el día intentando hacernos felices y debería ser al contrario. ¿Qué piensas?

«Pienso que te amo» Leslie apartó aquellas palabras en lo más hondo de su mente. Se levantó con las manos llenas de papeles y lazos.

–Creo que es buena idea. Podemos jugar el uno con el otro y ninguno lo interpretaremos mal. Es por Erin.

–Exacto –agarró un par de lazos que se le resbalaron al suelo–. Iré a buscar una bolsa para guardar esto.

Cuando volvió al salón, Leslie descubrió que podía respirar de nuevo.

–El baño está libre, papá –dijo Erin asomando con una sonrisa radiante antes de irse a su habitación.

La niña parecía más feliz, pensó Leslie. ¿Sería la magia de la Navidad?

¿O algo mucho más complicado que eso?

–Sal fuera de mi cocina.

–¿Tu cocina? –Ben se cruzó de brazos y se apoyó

42

contra el marco de la puerta. Les estaba preparando el desayuno de nuevo. Se había quitado el jersey y llevaba un mandil. No recordaba haberla visto nunca tan doméstica–. Tenía planeado un desayuno especial para Navidad.

–No me extraña que no aprendiera a cocinar –murmuró ella acercándose el frigorífico para sacar los huevos y las salchichas–. Siempre me estabas echando de la cocina.

–Porque no sabías cocinar.

–Bueno, ¿y cómo iba a aprender?

Ben observó su trasero balancearse al moverse por la cocina.

–Podrías haber aprendido en casa, pero no lo hiciste porque odiabas la cocina.

–Pues ahora no.

–¿No qué?

–Que no la odio. La cocina. Tú viajabas mucho y tuve que cocinar mientras estabas fuera.

–¿A eso se le llamaba cocinar? –intervino Erin desde el salón.

Ben sonrió.

Les cedió con bastante gracia.

–Bueno, al menos no hemos muerto de hambre. De todas formas, ahora soy bastante buena y no necesito tu ayuda ni tu interferencia.

Erin se rió ante el suave tono de voz de Leslie.

–¿Qué vas a hacer?

–Huevos revueltos y salchichas.

–Yo iba a preparar unas crepes de fresas.

Ella se quedó completamente rígida con la sartén en la mano.

–¿Con nata montada? –preguntó golosa.

–¡Claro!

–Bien. Supongo que las fresas no pueden esperar.

Él se rió mientras ella devolvía las salchichas y los huevos al frigorífico.

–¿Has hecho alguna vez crêpes?

–Nunca

–¿Quieres ser mi ayudante?

–No si eso significa que me vas a dejar todo el trabajo sucio, como limpiar detrás de ti.

–Te dejaré hacer parte del trabajo importante,
como cortar las fresas.

Su broma le hizo reír de forma genuina y se acercó
un poco más a él.

–¿Dónde consigues fresas en esta época del año?

Distraído por la primera sonrisa genuina que había
salido de ella, Ben la miró hasta que Les enarcó las cejas.

–¿A qué viene esa pregunta? ¡Soy propietario de un
restaurante. Puedo conseguir los productos que nece-
site sólo con pagarlos.

–¿Cocinas mucho últimamente?

–Casi nada. Cada hotel tiene un jefe ejecutivo. La
desventaja de ser jefe, supongo, es que tienes que
abandonar algunas de las cosas que te gustan.

Ben le pasó las fresas.

–¿Las quieres lavar o te parece un trabajo demasiado sucio?

–Estoy aquí para servir.

–¡Ah!

Leslie abrió el grifo. El agua helada le quemó las
manos..

–Vi hace poco una entrevista tuya en el *Chronicle*.
Debió subirte mucho el ego.

–No tanto como el artículo que salió en *à la carte*.

–¿De verdad saliste también en ésa? Es maravilloso,
Ben.

–Me sacaron en portada hace un tiempo.

–¿En portada?

Estupendo. Una de las revistas más famosas de la
tierra en su especialidad. Las mujeres el país debían
haber visto lo buen partido que era. Los celos la asaltaron unos minutos.

–A mí también me ofrecieron un reportaje en una
revista nacional –dijo Les.

–¿Una publicación de la policía?

–Bueno, no exactamente, aunque querían titular
el artículo como La Mujer de la Justicia. Lo rechacé.

–¿Por qué?

Ella miró hacia la puerta para asegurarse de que Erin no la oía y bajó la voz:

–Porque querían que llevara puesta sólo mi pistolera.

El silencio nunca había sido más sonoro. Ben se estiró y deslizó la mirada por todo su cuerpo antes de fijarla en su cara.

–Ellos se lo pierden –dijo.

Leslie no podría haber quedado más sorprendida si la hubiera atraído a sus brazos y la hubiera despojado de la ropa. Ben raramente la piropeaba ni le decía que le resultaba atractiva. El sexo era su sustituto de las palabras. Ella no había sabido en otro tiempo lo corriente que era entre los hombres manifestar sus sentimientos en vez de proclamarlos. Pero ella también necesitaba las palabras, como le había dicho innumerables veces.

Se pasó una mano por la frente sofocada.

–Gracias.

–Te has convertido de una bonita adolescente en una mujer preciosa. No se puede decir lo mismo de todas las mujeres.

Les no sabía qué decir, pero era agradable estar así, compartiendo el espacio y el trabajo.

Ben apartó la vista.

¿En qué estaría pensando? ¿En su beso de la noche anterior? ¿En la conciencia que habían despertado el uno en el otro esa mañana? ¿O sólo en mantener la situación relajada para Erin? ¿Volvería a casa sin respuestas?

Probablemente. Igual que él.

Después del desayuno, Ben agarró unos viejos guantes de cuero y una camiseta vieja para ir a cortar leña. Avanzó por la espesa manta blanca de nieve hasta la leñera de la parte de atrás. Al mirar el terreno de la parte trasera de la casa, se detuvo.

¿Huellas de pisadas?

Las siguió descubriendo el sendero desde el otro lado de la casa de alguien que evidentemente se había estado asomando a las ventanas de las habitaciones o lo había intentado.

¿Habrían estado ya el día anterior y no las habría visto? ¿Serían las de Les?

Las pisadas se detenían en el porche, como si hubieran entrado para escudriñar por las ventanas del salón.

Ben abrió la puerta principal. Les y Erin alzaron la vista del juego de Monopoly.

–Les, ¿podrías venir un minuto?

–Claro –dijo ella levantándose–. Y tú, querida hija, cuenta el dinero bien. Creo recordar que unos cuantos billetes míos han acabado en tu montón la última jugada.

Erin sonrió.

Leslie agarró un viejo abrigo y unos mitones y salió.

–¡Qué rápido has acabado!

–No, es que quería enseñarte algo.

Leslie se agachó a examinar las huellas que Ben le señaló.

–Sujétame la mano –dijo metiéndose en las huellas que eran más largas que sus pies–. Ahora prueba tú.

–No son mías, Les.

Pero de todas formas lo comprobó y las huellas de sus botas eran más largas.

–De acuerdo, más alto que yo y menos que tú. ¿Estás seguro de que son nuevas?

–Nevó la noche antes de que llegáramos Erin y yo y la mayoría de la mañana siguiente. Son nuevas. Las han hecho desde que estamos aquí.

–Un tipo en un coche paró ayer a hablar conmigo –se frotó la frente sin gustarle la extraña sensación de alerta.

–¿Qué tipo?

–Un hombre corpulento, aunque como estaba sentado no estoy segura de lo alto que era. Me preguntó si la cabaña estaba en alquiler y que pagaría lo que hiciera falta. Le dije que el propietario no la alquilaba.

46

–¿Crees que estaría buscando a Sebastian?

–Eso pensé yo al principio, pero me ofreció su tarjeta de visita. No la acepté porque no quería acercarme demasiado a él. Maldita sea. Me gustaría haberlo hecho. Quizá volviera anoche y sólo estuviera curioseando por las ventanas –se estremeció–. ¡Hemos estado siempre tan a salvo aquí, Ben! Maldita sea. Y no he traído mi arma reglamentaria.

–Hay rifles de caza ahí dentro y mucha munición. Mantendremos todo cerrado incluso durante el día –miró a su alrededor–. Nadie pasará por encima de mí a hacer daño a mi familia, Les. Nadie. Estás tan a salvo como siempre lo has estado.

Les decidió no ofenderse. Al fin y al cabo, era ella la que estaba entrenada, pero sabía que él quería estar al mando, como siempre. Y algunos extraños genes femeninos, se alegraban de sus palabras.

–No vas a discutir conmigo, ¿verdad? –preguntó Ben con la mirada dura.

Ella sacudió la cabeza.

–Me gustaría besarte –susurró alzando la vista hacia su boca alucinada de haber dicho aquello.

Ben la besó con tanta suavidad que apenas lo pudo sentir. ¿O sería que sus labios estaban entumecidos del frío aire? Su lengua se deslizó por su labio inferior calentándola para volver a enfriársele en el acto.

–Demasiado frío –murmuró Les–. Necesito calor.

–Entonces, bésame.

Ella ni siquiera respondió, sólo se arrojó a sus brazos, le bajó la cabeza y plantó sus labios contra los de él, abandonándose al calor de su boca. Las manos de Ben se deslizaron por su jersey, bajo el cuello alto, después bajo la camiseta y ella contuvo el aliento cuando le cubrieron los senos dejándola temblorosa y no sólo por lo frías que las tenía.

–Estoy deseando hacer esto desde que te vi esta mañana –murmuró Ben con los labios contra los de ella.

–Esto es demasiado peligroso. Es un gran riesgo.

–Pues a mí me sienta condenadamente bien.

Ben movió los dedos en círculos alrededor de sus pezones y los frotó con los senos en sus palmas.

–Que es por lo que debemos parar –dijo Les–. Esto no pude llegar a ninguna parte.

–Siempre has sido mi mayor tentación, Leslie –dijo dando un paso atrás.

¿Era aquello lo que podía esperar para el resto del día? ¿Por el bien de Erin? ¡Ja!

Frotándose los brazos con las manos, Les miró a las huellas de nuevo.

–No me gusta esto, Ben. No me gusta ni un poco.

–No va a pasar nada, te lo prometo. ¿Por qué no vuelves dentro mientras yo corto la leña?

–De acuerdo.

–Y una cosa, Les...

–¿Qué?

–Gracias por odiar los sujetadores.

Sonrió y se alejó hacia la leñera.

Ella suspiró. Parecía que era el espontáneo y divertido Ben de siempre. Y ahora, ¿qué iba a hacer con él?

Capítulo Cinco

Pasaron el día como una familia normal. Jugaron al Monopoly durante casi dos horas, se dieron un paseo por la nieve y cenaron pollo asado, puré de patatas al ajo, verduras especiadas y pastel de manzana que prepararon juntos en la pequeña cocina.

Hablaron. Bromearon. Se rieron. Se tocaron...

Ben se sentía en paz incluso aunque su cuerpo peleaba con su mente. La noche cayó sobre ellos como una manta de recuerdos. Pero Erin estaba protestando por irse a la cama y el día había sido demasiado especial como para acabarlo. Se sentaron juntos en el sofá con el fuego encendido y Erin entre sus dos padres.

–Cuéntame la historia de cómo os conocisteis papá y tú –rogó. Leslie lanzó un gemido para sus adentros–. ¡Es tan romántica!

–¿Romántica? –repitió Ben–. ¿Qué historia te ha contado tu madre? evidentemente no la verdadera.

Erin arrugó la cara pensativa.

–La de cómo el tío Gabe se estaba lanzando a por mamá...

Leslie lanzó una carcajada ahogada.

–Yo no usé esa palabra. Él estaba coqueteando, eso es todo. Gabe coqueteaba con todas las chicas.

–Incluso a los catorce, él era más exigente que eso –comentó Ben.

¡Dios, si hasta su apodo era Romeo! Gabe había tenido más éxito con las mujeres a los quince años del que él tendría el resto de su vida.

–Bueno, entonces el tío Gabe estaba coqueteando contigo –repitió Erin con ansiedad.

Con un suspiro, Leslie continuó la historia.

–Era el primer día de secundaria y yo iba andando a casa. No me gustaba su atención porque no me gustaban los chicos. Le dije que me dejara en paz y no lo hizo.

–Y entonces tú lo machacaste.

–¿De dónde sacas esa faceta tan sanguinaria, nena? No lo machaqué. Sólo le tiré al suelo y lo mantuve allí, lo que pude hacer porque él no se resistió.

Ben lanzó una carcajada.

–Fue lo más divertido que puedas haber visto en tu vida. Tu madre tenía el pelo por la cintura y estaba a horcajadas sobre Gabe gritándole mientras él gritaba que lo soltara –se rió más fuerte–. ¡Qué terremoto era!

–Y entonces llegaste tú, la separaste del tío Gabe y la tomaste en tus brazos. Y ella se enamoró de ti en ese mismo instante.

Mirando a Les por encima de la cabeza de su hija, Ben hizo un esfuerzo por buscar palabras normales para un acontecimiento tan extraordinario.

–¿Has visto a tu madre cuando está enfadada de verdad? Tuve que sujetarla o se hubiera lanzado a por Gabe de nuevo.

–Y entonces llegó el tío Chase y le gritó que los hombres debían respetar a las mujeres y el tío Sebastian os invitó a todos a tomar un refresco. Y todos os hicisteis amigos. Y mamá y tú ya no salisteis con nadie más.

Su resumen hacía que pareciera un cuento de hadas.

Ben esperó a que Les hiciera algún comentario, pero ella sólo siguió mirado al fuego. ¿Recordando? Dios, él podía recordar exactamente cómo la había sentido en sus brazos cuando la había alzado por la cintura para separarla de Gabe. Cómo se había agitado contra él con el trasero golpeándole los muslos. Cómo él le había rozado su seno por accidente y ella se había quedado completamente rígida. Podía recordar haber murmurado una disculpa, pero ella sólo había inspirado temblorosa. Sebastian había aparecido en el momento más oportuno, el futuro delegado de curso que sabía cómo aliviar las tensiones, en aquel caso con una invitación.a un refresco.

Ben se había resentido de la cordura de Sebastian porque no había querido separarse de Les. Un par de semanas más tarde, la había besado por primera vez. Dieciocho largos años atrás. La última noche que la había besado habían pasado más de tres años y sin apenas haberla visto. Y todos los años se habían evaporado.

–Sí, nos hicimos todos amigos desde entonces –repitió Ben revolviendo el pelo a su hija intranquilo al pensar que Erin no era mucho más joven que su madre cuando la había conocido.

Sabía lo que le había hecho sentir, cómo apenas había podido mantener sus manos apartadas de ella. Y la idea de que algún adolescente con las hormonas desbocadas hiciera lo mismo con su hija...

–Creo que ya es hora de que te vayas a la cama, cariño.

–¡Ah, papá! Sólo un poquito más. Es Navidad. Además, quiero saber cómo le pediste a mamá que se casara contigo. ¿Te pusiste de rodillas y empezaste a sudar?

Ben tuvo que pensarlo. ¿Por qué no lo recordaba?

–No me acuerdo.

–No me lo pidió –intervino Les que había estado muy silenciosa–. Simplemente sabíamos que nos casaríamos. Y todos los demás también lo sabían.

¿Era eso verdad? ¿No se lo había propuesto? Ben se preguntó si se había sentido defraudada, pero ella sonrió de repente.

–Pero al final de la ceremonia de la boda, me levantó en brazos y empezó a darme vueltas y más vueltas con el vestido flotando a mi alrededor. Nos enredamos con el velo. ¡Oh, fue tan...!

Se detuvo y tragó saliva.

–Fue un bonito día –terminó.

Ben se levantó del sofá. El fuego no necesitaba atención, pero se agachó de todas formas. Su boda.

No la había visto con un vestido antes de aquel día ni nunca después. Cuando apareció por el pasillo tuvo que mirar dos veces para asegurarse de que era ella. Le gustaban tan poco los vestidos como los zapatos o los sujetadores.

Los recuerdos parecieron descargar en sus hombros y sintió un profundo tirón. Se frotó el hombro.

–¿Quieres que te dé un masaje en los hombros, papá?

–Eres muy lista, jovencita.

Ella sonrió. ¿Cómo podía resistirse a aquella sonrisa? Se sentó en el suelo frente a ella dejándola que retrasara un poco más la hora de acostarse y apreciando su esfuerzo aunque sus manos no fueran fuertes. Bajó la cabeza y entonces se fijó en los pies descalzos de Les. Hipnotizado, contempló las uñas sin pintar, las venas azules y la forma tan familiar en que enroscaba los dedos.

Sin pensarlo dos veces, le tomó un pie con la mano y apretó el empeine con los dedos provocando un sonido que fue entre un gemido y un respingo.

–Tranquila, Tigresa.

¿Qué diablos? Ben cerró los ojos incapaz de creer que acabara de hacer aquello, llamarla por su antiguo apodo. Le había salido sin pensarlo, pero ella se zafó de su mano, se levantó de forma abrupta y desapareció en el cuarto de baño.

–Es hora de acostarte, cariño.

–Erin debió comprender que por fin iba en serio porque sin discutir le dio un abrazo y las gracias por la mejor Navidad de su vida. Salió de la habitación danzando y Ben agradeció que el día hubiera salido tan bien.

Cuando volvió Les con las manos en los bolsillos, no lo miró.

–Erin ha ido a desvestirse.

Ella asintió.

–Siento que te haya bombardeado a preguntas. Se está convirtiendo en una chica y en lo único en que piensa es en chicos y siempre quiere oír historias de nuestro pasado.

–Sí, el novio – dijo él–. Tyler.

–¿Novio? –Les miró en dirección a la habitación–. No lo sabía. Ella no me ha contado nada.

–Bueno, no exageres como hice yo. Parece ser que salir juntos no significa mucho. Ni siquiera se abrazan. Creo que es más su amigo favorito.

–¿Es sólo de nombre, entonces? –preguntó ella sonriendo.

–Eso parece por lo que he podido averiguar.

–Me sorprende que no me haya contado nada, pero me alegro de que habléis vosotros de sus cosas. Es bueno para ella tener el punto de vista de un hombre.

Ben se frotó la mandíbula.

–Nunca pensé que fuera un puritano hasta haber sido padre de esa preciosa niña. Me gustaría que hubiera alguna forma de encerrarla hasta que madurara lo suficiente como para saber lo que quiere.

–A mí también. Pero si nosotros hubiéramos sido más maduros no habríamos tenido a Erin. Supongo que todo tiene sus ventajas y sus inconvenientes.

–¡Estoy lista! –gritó Erin.

Después del beso de buenas noches a su hija, la velada se extendía enorme ante ellos. Leslie extendió las manos hacia el fuego sin saber qué hacer. No tenía sueño, pero no creía poder pasar más tiempo a solas con él con los recuerdos tan dolorosamente frescos.

Lanzó un bostezo y se estiró.

–El día ha ido bien –comentó Ben–. Erin estaba feliz.

Leslie siguió de espaldas a él deseando que se acercara por detrás y la rodeara con sus brazos.

–Yo también.

–Hace mucho tiempo que no pasábamos un día como éste.

–No estoy segura de que nunca lo pasáramos.

–¿Qué quieres decir?

Ella se dio la vuelta.

–Quiere decir que ella era muy pequeña cuando estábamos juntos y pasábamos muy poco tiempo como una familia. Y apenas nunca en casa. Tú siempre estabas de viaje trabajando por nuestro futuro.

–Eso me suena a crítica. Tú sabes lo importante que era para mí, Les. Era mi trabajo y mi responsabilidad hacia vosotras. Y tus horarios tampoco lo ponían precisamente fácil.

–¡Oh, no quiero entrar en eso esta noche, Ben! Perdona que haya dicho nada. Estoy cansada.

–Quizá necesitemos despejar el ambiente, Les. Es evidente que te quedan rencores del pasado.

–Lo hecho, hecho está.

Les estaba poniendo distancia entre ellos antes de que la fantasía del día llevara a algo de lo que no pudiera recuperarse. Ella había aceptado el divorcio por fin y no podía permitirse volver atrás.

–Lo siento, todo me recuerda al pasado aquí. Ha sido un buen día, pero uno duro también. Necesito estar sola.

Ben se cruzó de brazos.

–Pensé que hoy habíamos llegado a cierto grado comprensión, Les. Ya veo que me he equivocado. Parece que sólo lo hacías por Erin. ¿Es que tú no te lo has pasado bien?

–Ése no es el asunto.

–¿Entonces cuál es?

–Esta discusión no nos lleva a ninguna parte. Será mejor que nos demos las buenas noches.

–Puede que nunca tengamos la oportunidad de nuevo. Me gustaría saber lo que piensas.

–No creo que ninguna relación rota se pueda recuperar, Ben. Quizá estar aquí juntos haya conseguido aflorar algunos antiguos problemas, pero por fin hemos avanzado. Yo ya no miro atrás. Y en cuanto volvamos a nuestras vidas diarias, daré los pasos hacia adelante que he decidido dar.

–¿Qué quiere decir exactamente eso? ¿Matrimonio? ¿Con el chico con el que has estado saliendo?

–No tienes derecho a preguntarme eso.

–¿Te has estado acostando con él, Les?

–Tampoco tienes derecho a preguntarme eso –el

día feliz se les estaba escapando como un sol poniente. Leslie bajó la voz–. ¿Cómo te atreves tú a ser posesivo? ¿Cómo te atreves a preguntarme por un nuevo compañero, alguien que podría estar interesado en mi trabajo y que tenga tiempo para mí? ¿Alguien que quiera darme otro hijo?

Ben se puso tenso.

–¿Desde cuándo?

–Yo siempre he querido tener más niños. Y en cuanto a lo de si me acuesto o no con él, hay cosas más importantes que el sexo.

–¿Y tú has aceptado una relación como ésa? ¿Precisamente tú?

Les decidió acabar aquella conversación.

–Creo que lo tomaré como un cumplido e iré a cepillarme los dientes.

Intentó pasar por delante de él, pero Ben la agarró del brazo.

–Puedes escaparte ahora, Les, pero no podrás hacerlo siempre. Tenemos que arreglar esto.

–¡No hay nada que arreglar! Se ha acabado. Tú te fuiste hace mucho tiempo y ahora es mi turno. Y es importante que dé el paso, no sólo por mí sino por Erin.

–No todo tiene que ver con Erin –la soltó–. Es una excusa muy útil, ¿verdad?

Una hora más tarde, Leslie permanecía mirando al techo del salón completamente desvelada. Su posesividad la confundía. Él nunca había sido celoso. Nunca. Había confiado en ella y ella en él. Nunca habían tenido motivos para desconfiar de la fidelidad del otro.

¿Y cómo pensaba que se sentía ella sabiendo que se había acostado con otras mujeres?

La imagen amenazó su frágil control. Necesitando borrar la vívida imagen se levantó y se fue a la cocina. Sacó una manzana de la nevera y se apoyó contra la encimera antes de dar un mordisco con los ojos cerrados.

Escuchó un débil sonido entonces. Ben. Un Ben al que no había visto en mucho, mucho tiempo. Quizá nunca lo hubiera visto como ahora: intenso, sombrío y fiero.

Ben apoyó los brazos contra el armario enmarcándole la cabeza.

–Ha sido bueno entre nosotros –dijo con voz ronca e insistente–. El sexo.

–Sí.

El corazón se le desbocó ante aquella imprevisible y salvaje faceta suya que le fascinaba y excitaba.

–Importante.

–Sí.

Leslie nunca había sido tan consciente de sí misma como un objeto de deseo sexual como en aquel momento.

–Podía hacer que tuvieras tres orgasmos seguidos con tanta facilidad que no sabías cuando había terminado uno y empezado el otro. Tú misma me lo dijiste.

–Es cierto.

Con el pulso acelerado Leslie estudió su expresión: fiera pero no cruel. Nunca cruel. No era propio de él dañar a nadie. Imponerse sí, pero nunca la había tocado enfadado.

Ben agachó el cuerpo entre sus piernas y las rodillas de Leslie presionaron su vientre. Quitándole la manzana de la mano, la tiró al fregadero dejándola con las manos vacías. Ella se agarró al borde de la encimera esperando, deseando, necesitando....

Ben deslizó las manos por su espalda hasta su trasero y la atrajo hacia sí hasta enterrar la nariz entre sus senos. La carne de ella vibró del gutural bramido que se le escapó de la garganta y le rodeó la cabeza con los brazos aprisionándolo y gimiendo cuando él se tragó un ansioso pezón en la boca con tela y todo frotándolo y lamiéndolo de forma rítmica.

De forma abrupta, Ben alzó la cabeza al mismo tiempo que metía la mano entre sus piernas. Ella no se movió. Apenas podía respirar.

–Podría hacer lo mismo por ti aquí, ahora mismo.

Apretó un poco más la mano sin moverla.

–¿Y qué te lo impide? –preguntó ella jadeante–.

Quiero sentirte dentro de mí –dijo enterrando los dedos en su pelo para atacarle la boca siguiendo con su lengua el mismo ritmo que él había empezado con la mano. Leslie abrió los labios y Ben se tragó sus crecientes gemidos.

Casi.

Entonces apartó la mano.

Leslie sintió un nudo de frustración en el estómago.

Él empezó el contacto de nuevo, esta vez con el dedo y ella echó la cabeza hacia atrás y se arqueó contra su caricia. Una tormenta eléctrica la sacudió de la cabeza a los pies y empezó a jadear su nombre.

–Te dije que podía –dijo él con tanta aspereza que casi le pareció un desconocido.

–¡Sí, sí! Deja de torturarme. No puedo soportarlo. No puedo...

Ben la alzó de la encimera con las piernas enroscadas alrededor de su cintura y los brazos alrededor de la cabeza. Ella se inclinó para mantener los labios pegados a los de él mientras atravesaban el salón hacia la habitación. Cuando la puerta estuvo cerrada, salvaje de necesidad, Leslie se estremeció y empezó a forcejear con su camisa ansiosa por sentir su piel contra la de ella. Cerró entonces los ojos intentando retrasar el clímax que amenazaba con explotar dentro de ella.

–He echado de menos esto –dijo buscando el hueco de su garganta con la lengua, sabiendo que él lo adoraba.

Ben lanzó un bramido, la puso de pie sobre la cama, le quitó los pantalones del pijama y los dejó caer mientras ella se sujetaba a sus hombros para no perder el equilibrio. Su olor la asaltó como última arma que amenazaba a su cordura. Ben deslizó la lengua por su cuerpo apretándole las nalgas para mantenerla inmóvil sin dejar de saborearla. Las piernas de ella temblaron. Él ya no podía descifrar sus palabras, sólo entendía lo que suplicaban.

¿Cómo podría haber olvidado el poder de hacer el amor con ella? ¿O el peligro de lo que estaban compartiendo lo habría hecho más intenso? Más, fuerte, más profundo y sombrío. Más erótico.

Ben se quitó los calzoncillos y le quitó a ella la camisa por la cabeza.

Ahora nada se interponía entre ellos.

–¡Date prisa! –Leslie lo atrajo hacia abajo con ella.

El mundo explotó un segundo más tarde cuando él entró en ella.

Tan apretada, tan familiar, tan perfecta.

Un caleidoscopio de placer empezó a girar alrededor de ellos y el sonido empezó a aumentar, pero no podía dejarla gritar allí. Ahogando su grito con la mano, la reemplazó al instante con su boca mientras acompasaba los poderosos arqueos de su cuerpo con sus propios embates. No era suficiente. Cuando ella se paró con la respiración jadeante, Ben deslizó una mano entre ellos y empezó de nuevo a pesar de sus débiles protestas de que otra vez no. Imposible.

Posible y poderoso. Pero algo que no resolvía nada y lo complicaba todo. Pero Ben la siguió por el sendero del éxtasis sabiendo que acababa de cometer el mayor error de su vida y completamente incapaz de evitarlo.

Capítulo Seis

Había veces en la vida que Leslie hubiera dado todos sus ahorros por un minuto de silencio. Aunque aquél no era uno de ellos, el silencio prevaleció de todas formas.

Podía oírle jadear tendidos los dos en la cama desnudos, físicamente saciados y emocionalmente devastados. Si hubiera intentado con todas sus ganas ser tan estúpida, no lo habría conseguido.

¿Cómo podría ahora mirarlo a la cara?

¿Qué había hecho? Todos los avances que había conseguido habían volado con el viento. ¿Y por qué? ¿Por quince minutos de placer?

Se llevó las manos a la cara deseando que él dijera algo que detuviera sus pensamientos. Pero parecía que él estaba igual de anonadado. Ella había oído que aquellas cosas pasaban, parejas divorciadas volviendo a acostarse en una relación más segura que la anterior. ¿Pero cómo podía ser más segura? Casi se atragantó ante la idea.

Decidiendo que ahora ya no quería hablar aunque él quisiera hacerlo, saltó de la cama intentando no llorar mientras recogía su ropa maldiciendo de frustración.

Ben la observó sin ofrecerle ayuda. No sabía qué decir. ¿La verdad? Que incluso con lo rápido y ansioso que había sido su acoplamiento era mejor que nada de lo que había experimentado desde su divorcio? Por supuesto que no. Una comparación era lo último que ella necesitaba.

La observó ponerse el pijama y ocultarse con rapidez una cadenita con algo colgando.

¿Llevaría todavía su anillo de casada?

Cuando por fin estuvo vestida, se atrevió a mirarlo. El aire estaba cargado de poderosos recuerdos. El sudor le enfrió el cuerpo helando su conciencia. Había perdido el control. ¿Qué precio tendría que pagar?

–Les...

Ella le apretó los labios con los dedos.

–Ni promesas ni disculpas –dijo con los ojos brillantes.

Mientras retrocedía, él le aferró la mano y la aprisionó sabiendo que no podía dejarla marchar creyendo que para él no había significado nada.

–No –contestó Leslie con la voz quebrada.

Entonces desapareció.

Y un recuerdo más se sumó a los de culpabilidad que entretejían su vida.

Caminar sobre huevos. Ben entendió por fin la expresión. Sólo con mirar la cara de Les a la hora del desayuno, supo que su relación había cambiado para siempre. Sus buenas intenciones se habían pulverizado. Ella había ido a la cabaña a escapar de un problema importante y él le había cargado con otro.

Ahora parecía más frágil que antes, a punto de explotar. Se afanó por toda la cabaña a toda velocidad limpiando todo antes de que Ben terminara de preparar el desayuno solo. Las únicas sonrisas fueron para Erin.

«Dios, Les. ¿Qué he hecho».

El sueño le había eludido la noche anterior, y la había oído agitarse después de haberse duchado. Quizá eso hubiera sido lo que más le había dolido, que se hubiera lavado para borrarlo de su cuerpo al instante.

Erin parloteó durante todo el desayuno mientras Ben se obligaba a comer y Les jugueteaba dando vueltas a la comida. Quizá fuera una suerte que él y Erin pensaran pasar el día fuera de la cabaña.

Ben se entretuvo en la puerta principal mientras su hija corría hacia el coche. Se dio la vuelta hacia Leslie.

–Hablaremos esta noche, cuando Erin se haya ido a la cama.

Después de unos segundos, ella alzó la barbilla.

–Estoy bien.

—Ya hablaremos.

—Claro. Como quieras.

—No me gusta dejarte aquí sola.

—¡Por Dios bendito, Ben! Ya sé que se te olvida a menudo que soy policía.

Le había querido decir que no le necesitaba, iba pensando Ben de camino al coche. Cuando llegó, escuchó el teléfono y esperó por si era para él.

Quizá fuera el hombre de su vida, impaciente porque volviera a casa. Él había pensado que aquel hombre había sido la fuente de sus problemas, pero quizá se hubiera equivocado. Quizá aquel fuera su plan de dar un paso adelante. Un nuevo compañero. Una nueva vida. Erin tendría un padrastro...

Maldición. Aquella idea no se le había pasado por la cabeza. Él había compartido a Erin con Gabe, Chase y Sebastian todos aquellos años, agradecido de que hubiera tanta gente que la cuidara. Pero un padrastro viviría con ella en la misma casa, ejercería influencia sobre ella y fijaría normas que la obligaría a cumplir. Y le daría los abrazos de buenas noches.

—¡Vamos, papá! —gritó Erin por la ventanilla abierta—. ¿Qué te pasa? ¿No tienes ganas de esquiar hoy?

Desde luego que no tenía. Deseaba hacer el amor con su ex mujer frente a la chimenea de piedra. Deseaba que ronroneara y gimiera antes de que empezara a gritar. Deseaba que lo mirara con aquellos ojos cálidos y felicidad en la cara, no desesperación.

Era demasiado tarde para ellos, ¿verdad?

Metió la llave. Por supuesto que era demasiado tarde. Ella seguía sin querer la vida que él había construido para ellos, por ellos.

Y seguía si necesitarlo. Quizá tuviera razón en que el sexo no era lo más importante en una relación. Si no fuera así, ellos no se hubieran divorciado.

Pero tampoco era suficiente para unirlos de nuevo.

—El coche de mamá no está —dijo Erin en cuanto llegaron a la cabaña por la tarde.

–Puede que se haya ido a dar una vuelta.

Pero el corazón le decía lo contrario. Había huido. Podía sentirlo.

–No, no se iría sin decírnoslo. Me muero de ganas de contarle lo de la tabla que hemos alquilado. Y cómo te caías.

Ben estaba agradecido de no tener nada más herido que el ego.

–Creo que prefiero los esquíes.

–¡Pero si es muy divertido!

¿Se estaría haciendo viejo? Él siempre había sido un buen atleta, pero ese día se había sentido tan torpe como un potrillo.

–Brrr –exclamó Erin en cuanto abrió la puerta.

El fuego estaba apagado. Leslie debía haberse ido hacía bastante tiempo.

Erin fijó la vista en algo antes de volver a mirar a su padre con la cara pálida.

–Hay una nota. En la repisa de la chimenea.

Ninguno de los dos se movió en un minuto, pero entonces Ben pensó que era responsabilidad suya como adulto y se acercó a abrir el sobre.

–La han avisado del trabajo –dijo–. Espera que el resto de nuestro viaje sea divertido y dice que nos llamará.

Erin salió corriendo del salón antes de encerrarse de un portazo en su habitación y empezar a tirar todo contra las paredes. Ben esperó unos minutos a que se apaciguara antes de llamar a su puerta con suavidad. Apenas había cruzado el umbral cuando su hija le lanzó una almohada a la cabeza.

–¡Estúpido trabajo!

Él sabía exactamente lo que sentía, pero agradeció la interrupción. ¿Sería verdad que la habían avisado de la policía? Se sentó en la cama al lado de su hija, que tenía la cabeza enterrada entre las rodillas.

–¡Todo iba a ser tan estupendo! Os gustabais otra vez. Lo podía notar.

–Siempre nos hemos gustado.

–¡Déjalo, papá! Ya sé que es lo que los padres siempre le cuentan a sus hijos.

Parecía tan adulta. Y dolida. Ben no sabía cómo animarla. Ya no era una niña pequeña y podía ver entre medias verdades.

La atrajo a sus brazos y sintió su cuerpo tenso mientras lloraba.

–Lo siento –dijo deseando que nada pudiera hacer daño a su hija

–La odio.

–No es culpa suya. No es culpa de nadie.

–Cuando yo sea mamá, no trabajaré –la ferocidad de su voz se rompió en sollozos desconsolados–. No pasaré por un estúpido divorcio. Todos estaremos juntos y todos seremos felices.

–Me gustaría que pudiera ser así, Erin. De verdad.

–No quiero hablar con ella. Cuando llame, dile que estoy dormida.

Ben no respondió pensando que probablemente cambiaría de idea. Su relación con su madre era sólida y su disgusto sólo temporal. Estaba seguro de que la vida volvería con rapidez a la normalidad. Siempre pasaba.

Mientras tanto, tenían unas vacaciones por delante.

En el despacho de Violencia Doméstica, Leslie contempló a su compañero, John Mackey, agitar los hombros mientras hablaba con el teniente. Cuatro días atrás había caído al suelo a su lado con el hombro sangrando de un disparo. Ahora estaba de vuelta en el trabajo como si nada hubiera pasado. Con cerca de veinticinco años en el cuerpo, era un policía duro.

Observó a Mack reírse de algo que dijo el teniente y volvió a su mesa para sacar un informe. Aquel gesto familiar le hizo agradecer doblemente que le hubieran llamado para incorporarse. Necesitaba ver que Mack se encontraba bien, casi tanto como alejarse de Ben.

–¿Estás bien? –preguntó Mack cuando se sentó en su silla.

–Sí. ¿Por qué?

–Pareces un poco aturdida. Pensé que te encontrarías mejor cuando te enteraras de los descubrimientos.

–Y estoy mejor, pero creo que has llevado tú mejor tu disparo que yo misma.

–La tercera vez es una caricia, nena. Ésta sólo me puso loco de furia. No seguirás culpándote, ¿verdad?

Les se encogió de hombros.

–Olvídate, Les. No podrías haber hecho nada y lo sabes. ¿Entendido?

–Sí, señor.

Mack pareció a punto de decirle algo, pero recogió un archivo y la dejó.

–Parece que se acerca tu viejo. Buena suerte –murmuró saliendo del despacho antes de que su padre llegara a su mesa.

De uniforme, Hugh Sullivan era imponente, alto, de pecho cuadrado y pelo canoso en las sienes, igual que sus antepasados.

–Las noticias se extienden rápido –dijo ella.

–Tengo contactos. Me alegro de saber que la investigación ha acabado –le crujió el cinturón al sentarse mientras echaba un rápido vistazo a su alrededor–. No he venido a hablar contigo de eso.

–¿Ah, no?

–He oído que has estado con tu ex marido.

–Con Erin.

–Y con Ben.

–Salió así ya que estaban juntos. ¿Y qué?

–¿Y no se te ocurrió que yo podía estar preocupado?

–Francamente, papá. No pensaba que nada de lo que me dijeras pudiera ser positivo. No esperaba tropezarme con ellos, pero decidí que no había motivos para que no pudiéramos pasar unos días juntos.

–¿De verdad?

–Sí.

Hugh entrecerró los ojos.

–Deberías haberlo pensado dos veces.

–No pensaba, sólo recordaba. Y fue estupendo.

Su padre se levantó y se alzó el cinturón.

–Entonces, ¿te encuentras bien?

–Estoy bien.

–¿Y mi nieta?

–También bien –lo miró con curiosidad esperando otra pregunta–. ¿Eso es todo?

–Sí. Sólo estaba comprobando.

Leslie se quedó estupefacta en silencio cuando su padre salió de la habitación. ¿De qué iba todo aquello?

El teléfono sonó y le apartó de sus pensamientos.

–Inspectora O´Keefe –respondió.

–Me enteré de que habías vuelto.

–Gabriel –dijo con tono helado.

No le había perdonado por tenderle aquella trampa.

–¿Cómo estás?

–Deseando que todo el mundo deje de preguntarme lo mismo.

–De acuerdo.

Él estaba esperando evidentemente a que sacara el tema, pero se negó a satisfacer su curiosidad.

–¿Qué te parece si cenas conmigo y con Cristina esta noche, Les?

–No, gracias.

–¿Estás enfadada?

Leslie dio la espalda al resto de la gente del despacho.

–¿Cómo te atreves a dirigir la vida de los demás? –preguntó con tono áspero.

–No he sido yo, Les. Ha sido el destino. Todos ibais a acabar en la cabaña juntos. Simplemente yo no hice nada para impedirlo.

–¿Es así como justificas lo que hiciste?

–Es la verdad. ¿Salió todo bien?

–Oh, todo fue fabuloso, Gabe. La noche de Navidad hicimos el amor de forma apasionada, lo mejor

65

que puedo recordar. No creo que vuelva a pensar en una mujer en mucho tiempo.

Hubo un largo silencio.

–Estás de broma, ¿verdad?

–¿Tú qué crees?

–Parece que no te apetece hablar del asunto. Llámame cuando quieras, Les.

–Bueno.

Colgó sin despedirse. Que sufriera un poco más, pensó.

Bueno, ya había hablado con Gabe y con su padre, así que ya podía terminar de una vez. Con un suspiro, marcó el número de Alex casi esperando que no estuviera en su despacho.

–Agente Jordan –contestó una voz clara y fuerte.

–Hola, Alex. Soy Les. ¿Tienes un minuto?

Capítulo Siete

Ben cargó al hombro la bolsa de lona de su hija y la siguió a la casa, la casa que habían alquilado después de que naciera Erin y que después había comprado. El vecindario no había cambiado mucho desde que eran niños. Estaba cerca de donde Les había nacido, a cuatro manzanas de distancia, y donde aún vivía su padre. Ben había sido criado en un apartamento a siete manzanas en dirección contraria, pero parecía otra ciudad diferente.

La diferencia entre el entorno de clase media baja donde Les se había criado y el suyo, definitivamente humilde, era asombrosa y cualquier comparación con su nivel económico actual abismal.

Sabía que Les nunca había pensado que le salieran tan bien las cosas, pero Ben se había ganado aquella casa con sólo trabajo duro y resolución. Ahora había decidido disfrutar de su éxito o buscar más. Dependía mucho de las reuniones concertadas para el mes siguiente.

Pero la reunión que más le preocupaba, era la que iba a tener lugar en un minuto. Estaba más enfadado con Les que en toda su vida, al menos desde que habían roto.

Posó la bolsa en el recibidor y contempló cómo su ex mujer daba un fuerte abrazo a Erin. Mirando a su alrededor intentó recordar la última vez que había estado en la casa.

—¡Voy a llamar a Ashley! —anunció Erin antes de dirigirse a su habitación.

—Espera un momento, jovencita. ¿Le has dado a tu padre las gracias?

—Un millón de veces.

–Probablemente quiera que le des un beso de despedida.

Erin se arrojó a sus brazos. Ben la alzó del suelo y la volteó hasta que se rió a carcajadas.

–Adiós, papá.

Ya sólo quedaba Les, con las manos en los bolsillos traseros y mirándolo.

–Ha tenido unos cambios de humor salvajes desde que te fuiste –dijo Ben controlando su temperamento sin avanzar más en la habitación.

Leslie miró en dirección a donde Erin había desaparecido.

–Pues sonaba diferente por teléfono.

–Tenemos que hablar de esto, Les. He sabido algo de ella en este viaje que querría discutir. Tenemos que decidir cómo llevarlo.

–Siéntate.

–No mientras ella pueda oírnos.

–Te llamaré en cuanto se vaya a la cama.

–Necesitamos hablar esto en persona.

–Yo estoy libre mañana y el domingo, pero Carly no ha vuelto, así que dame tiempo suficiente para buscar a alguien que se quede con ella.

–Yo vuelo a Seattle mañana por la mañana. Estaré de vuelta el domingo o el lunes. Te llamaré.

Ninguno de los dos había dado un paso.

–Si es tan serio, ¿para qué esperar tanto?

–Esperaré hasta entonces.

Leslie alzó un poco la barbilla.

–Estás enfadado conmigo.

–¡Desde luego!

–No podía quedarme después de lo que pasó, Ben. Sabes que no podía.

–No es por eso por lo que estoy enfadado. Tenías derecho a irte –bajó el tono de voz–. Estoy enfadado porque pasó algo crítico en tu vida que todo el mundo parecía saber menos yo. Me lo contó Gabe, por Dios bendito. ¡Gabe! Cuando le puse verde por interferir en nuestras vidas.

Leslie frunció el ceño.

–Tú nunca quisiste saber detalles de mi trabajo.

La acusación dolía porque era cierta. Ben había estado pensando mucho en sus errores últimamente. Y en los de ella.

–Esto es público. Esto también afecta a Erin.

¿Quién era ahora el que ponía a su hija como excusa?

Sin embargo, funcionó.

–¿Quieres saber toda la historia? –preguntó ella cruzándose de brazos sin invitarle a que se sentara.

Ben asintió.

–De acuerdo. Mack, mi compañero, y yo, habíamos ido a hacer un informe de una mujer maltratada por su marido separado. Le acababan de dar el alta del hospital y no pudo comparecer ante los tribunales. Mack y yo acabábamos de salir del coche y estábamos cruzando la calle cuando el marido salió corriendo. Tenía una pistola y nos gritaba algo en un idioma que no conocíamos. Nos pusimos a cubierto y pedimos refuerzos. El tipo volvió a entrar en la casa, entonces oímos llorar a un bebé y gritar a la mujer. De todas formas, el resumen es que cuando llegó el equipo negociador no pudo conseguir nada por la barrera del lenguaje. Cuando apareció el traductor en escena y todo parecía arreglado, el hombre salió con los brazos en alto y entonces, ¡bam! Disparó. Mack estaba más cerca y cayó al suelo. Yo apunté, pero no disparé.

–¿Por qué?

Se habían acercado sin darse cuenta y ya sólo estaban a un brazo de distancia.

–Parece que una niña pequeña había seguido a su padre y fue apartada por la madre cuando empezaron los disparos. Según los investigadores, mi posición era tal que podría haber herido a la niña si hubiera disparado.

–¿Y qué pasó entonces?

Ella se encogió de hombros.

–Alguien acabó con el tirador.

–¿Acabó?

–Lo disparó. Lo mató.

–¿Cómo está Mack?

–Ya ha vuelto al trabajo. Según él, sólo ha sido una molestia.

–¿Y cómo estás tú, Les?

–Estoy bien ahora.

Colocó unas figuras de cerámica del borde de la mesa y Ben estudió su lenguaje corporal.

–¿Es por eso por lo que estabas llorando en el porche de la cabaña?

Leslie alzó la vista.

–Me despertaste. No creía que se relacionara con tu trabajo, así que pensé que habías roto con... Alex. Se llama así, ¿no?

Ella se sonrojó.

–¿Me invitaste a quedarme porque te daba pena?

–Te pedí que te quedaras porque parecías necesitarlo. Me gustaría que me hubieras contado lo que te pasaba.

Ella cerró la boca. Parecía que la conversación había terminado.

–¿Te encuentras bien, Les?

Ella se cruzó de brazos, que era el gesto que ponía para que dejaran de hacerle preguntas.

–Bien. Todo ha vuelto a la normalidad.

–No me refiero al trabajo. Me refiero a nosotros... Lo que pasó entre nosotros.

–Claro.

–No te pregunté por el control de natalidad porque vi las píldoras en tu neceser cuando fui a buscar el ibuprofeno.

–Eso suponía.

Leslie dio un paso a un lado en el momento en que la rozó el brazo. Ben la había visto de todos los humores imaginables durante todos aquellos años, pero el de ese momento no podía identificarlo. Había erigido un muro de acero entre ellos.

–Metí una camiseta tuya por error –dijo mientras se la pasaba.

Bien, aquello era la despedida.

Al darse la vuelta para irse, Ben vaciló con la mano en el pomo de la puerta.

–Me habría gustado que hubieras hablado conmigo.

Ella no le respondió. Ben se dio la vuelta para mirarla deseando al instante no haberlo hecho. Si era verdad que los ojos eran el espejo del alma, en los de ella había un destello del infierno.

–¿Qué puedo decir? –preguntó ella con voz quebradiza–. No te culpo. Tengo yo tanta culpa como tú, pero no voy a dejar que eso interfiera en los progresos que he hecho. Sólo ha sido una semana difícil y ahora ya sabes por qué. Estaré bien. De verdad, Ben, lo estaré. ¿Y qué hay de...?

Ben esperó a que terminara la frase. ¿Qué pasaba con él?

–Supongo que no será la primera vez que una pareja separada... vuelva a estar junta después del divorcio.

Ella se encogió de hombros.

–Según he oído no es nada raro. La familiaridad y esas cosas. Lo que no lo disculpa, por supuesto.

–Por supuesto que no. No tiene ninguna disculpa –Ben creyó ver un destello de risa en sus ojos–. Fue bueno, Les. Condenadamente bueno.

–Fue rápido.

–Sí, pero condenadamente bueno.

–No recordaba que me hubieras llenado tan...

Leslie se llevó la mano a la boca y abrió mucho los ojos ante lo que había dicho mientras el cuerpo de Ben reaccionaba al instante y de forma incontrolable.

–Estabas muy apretada –susurró él con voz ronca.

–Había pasado...

–Mucho tiempo, ya lo sé.

Observó cómo sus pezones se erizaban.

Leslie dio un paso hacia él, se detuvo y se arrojó a sus brazos para besarlo. Ben la abrazó y le devolvió el beso gimiendo cuando ella lo hizo y apartándose en el mismo instante que ella.

Jadeantes, se miraron el uno al otro.

–Bien –empezó ella.

–Bueno. La palabra es bueno.

Ella sonrió un segundo.

–¿Y ahora qué?

–No lo sé. No sé absolutamente nada, Les. Tengo la mente en blanco dirigida por otra parte de mi cuerpo que tiene pensamientos propios. Te ardería la cara si los oyeras.

–Ya estoy ardiendo.

Ben deslizó una mano alrededor de su cuello y la atrajo para darle otro beso, uno más profundo, su lengua explorando su boca y su otra mano alzándose hacia su seno. Leslie jadeó su nombre mientras le frotaba el pezón con la yema del dedo. Apretó sus caderas contra él un poco más antes de frotarse un poco.

–¡Mamá! ¿Puede quedarse Ashley a...? ¡Oh!

Leslie dio un paso atrás. Ben se agachó a recoger la camiseta que se le había caído decidiendo que Erin no podía haber visto nada más que se estaban besando, pues con Leslie de espaldas, no podía haber visto la mano en su seno.

–¡Sabía que os gustabais otra vez! ¡Lo sabía!

Les parecía aturdida.

–Vete. Yo arreglaré esto.

–Llámame para decirme lo que ha pasado –se inclinó más hacia ella–. Puede que tengas que cruzarte de brazos unos minutos.

La puerta se cerró tras él. Les hizo un movimiento casual y cruzó los brazos sobre los senos antes de volver la cara hacia la esperanzada de su hija.

–¿Que si puede Ashley qué?

–Os estábais besando. Papá y tú.

–Hum. Le estaba dando las gracias.

–Os estábais besando como los de las películas, mamá. Conozco la diferencia.

–¿Está Ashley esperando al teléfono?

Erin sonrió.

–¿Puede quedarse a dormir?

–Por supuesto.

Les agradeció la tregua mientras Erin volaba hacia su habitación y enterró la cara entre las manos. ¿Qué había hecho? ¿Darle de nuevo esperanzas? Por mucho que la atracción flotara entre ellos, el asunto seguía siendo el mismo. Nada cambiaría. Y ahora tendría que solucionarlo con Erin también.

Pero primero ella misma tendría que quitarse aquella estúpida sonrisa que le había quedado en la cara. La sonrisa de triunfo de lo rápido que podía excitarlo. Un gran triunfo para su ego.

Ben entró en el Centro Juvenil Buckley de San Francisco el domingo por la noche. El centro del que Chase era el administrador había sido su cancha de baloncesto durante diez años. Al aproximarse al gimnasio, Ben escuchó las voces de hombres y el bote del balón y sintió la calidez calmante de siempre.

Ben sabía que no tenía que disimular delante de Chase y Gabe. Ellos reconocerían que tenía un problema sin decir una sola palabra y esperarían a que él sacara el tema. Ya había descargado su enfado con Gabe durante los dos días anteriores y ya se le había pasado. Gabe no era responsable de lo que había ocurrido entre Les y él. Sólo lo eran ellos dos.

Se detuvo en el umbral de la puerta contemplando a sus amigos. Muy equiparados en altura y físico, estaban jugando uno a uno.

–¿Qué pasa? ¿Los dos viejos casados deseando volver a sofá ya la cerveza? –preguntó al entrar.

–No sé Chase –replicó Gabe–, pero yo tengo algo reservado para Cristina esta noche.

Lanzó la pelota y la recogió cuando entró por el aro.

En cuanto Ben se quedó en pantalones de deporte y camiseta, Gabe le tiró el balón. Ben lo atrapó al vuelo, se paró en seco y lanzó un tiro de tres puntos.

–Les dijo que estabas en Seattle –comentó Chase antes de recoger el balón.

–Acabo de volver. Ni siquiera he pasado por casa.

Jugaron durante una hora descargando gritos e insultos. Con necesidad de soltar vapor, Ben aceleró el ritmo deseando que la vida fuera tan fácil.

Cuando por fin lo dejaron, Chase subió a buscar unas cervezas al apartamento que tenía encima del gimnasio y a echar un vistazo a Tessa, su mujer embarazada.

–¿Está Cristina en casa? –preguntó Ben a Gabe.

–Está arriba con Tessa encantada de no tener que jugar al baloncesto–. Gabe se sentó en el banco y apoyó los codos en el respaldo–. Entonces, ¿todo bien ahora?

–Bien.

–¿Lo pasasteis bien en las vacaciones Les y tú?

–¿Qué esperabas con Erin delante, que nos tiráramos uno al cuello del otro? Lo llevamos bien.

–Sí, Les me dijo que habías hecho el amor apasionadamente el día de Nochebuena.

Ben se dio la vuelta hacia Gabe, que sonreía con pereza.

–¿Te lo contó? ¿Que Les te contó...?

–¡Eh! Sabía que estaba de broma –se volvió hacia su amigo con el ceño fruncido–. ¿Quieres decir que no lo estaba?

Ben apretó los dientes.

–¡Eres un hijo de perra –Gabe le agarró por el brazo–. ¿Has perdido la cabeza?

Zafándose de él, Ben miró al frente. Necesita hablar con alguien, pero Gabe siempre defendería a Les.

–¿No se te ocurrió hacer otra idiotez mayor? –insistió Gabe.

–Lo dudo, pero pasó. ¿No te lo imaginaba cuando nos embarcaste juntos?

–Cielos, no. ¿Cómo está Les?

–Probablemente tan confundida como yo.

–¿Probablemente? ¿No lo sabes?

–No puedo entenderla como solía. Es diferente. Y también soy diferente. Nos ocultamos muchas cosas.

Había muchos recuerdos en la cabaña. Simplemente ocurrió.

–¿Qué ocurrió? –preguntó Chase que apareció en ese momento con las cervezas en la mano.

–Que se llevó a Les a la cama el día de Nochebuena.

–¡Eh, fue mútuo! –Ben se levantó y se paseó un poco–. No creo que se haya acostado con otro hombre desde que nos divorciamos. ¿Podéis creerlo?

–Yo sí –contestó Chase sentándose.

–Bueno, pues estoy sorprendido. Yo he tenido montones de ofertas de mujeres estos últimos años. Nunca he perseguido a ninguna porque no tenía que hacerlo. ¡Son tan agresivas! Si quieren algo, no cejan hasta conseguirlo. Pero parece que Les no es así. No entiendo a las mujeres. No las entiendo en absoluto.

–No tienes por qué entender a las mujeres –dijo Gabe con voz suave–. Sólo tienes que entender a Les.

La maldición que lanzó Ben resonó en la cavernosa sala.

–No puedo creer que esté hablando con vosotros de esto.

–Simplemente confías en nosotros –dijo Chase.

–Confío en ti –lo que no era del todo verdad, porque confiaba también en Gabe aunque eso era más complicado. Dio un sorbo de cerveza–. Y Erin nos vio besarnos.

Gabe sacudió la cabeza.

–Pues ya puedes esperar un montón de insistencia por su parte.

–Ya lo sé. Pero, ¿qué ha cambiado? Les y yo ya no queremos las mismas cosas. Somos tan diferentes como si estuviéramos en carreteras perpendiculares.

–Las carreteras perpendiculares se cruzan el algún momento –dijo Chase.

–Sí, pero...

Una voz femenina interrumpió la conversación.

–¿Es esto una discusión filosófica, Cristina? ¿Hemos venido al sitio adecuado?

–Suena más a geometría, Tessa.

Los hombres se volvieron al mismo tiempo terminando la conversación, cosa que Ben agradeció. Las mujeres se pararon a pocos pasos, se miraron y los volvieron a mirar a ellos.

–Culpables de algo –comentó Cristina.

Ben se puso los pantalones y la cazadora.

–Hasta la próxima semana.

No hizo caso de los murmullos que escuchó al alejarse. No esperaba que Chase y Gabe guardaran el secreto ante sus esposas, pero no quería ver la reacción de las mujeres también. Ya era suficiente.

Quince minutos más tarde, metió la tarjeta y marcó el código de su ático subiendo en el ascensor hasta el último piso. Dejó al bolsa en su habitación, se tendió en la cama y cerró los ojos.

Al minuto se estiró, agarró el teléfono móvil y marcó un número.

–Soy yo –dijo cuando ella respondió.

–¿Dónde estás? –preguntó ella con voz suave.

–En casa.

–¿Te ha gustado tu regalo?

–¿Regalo?

–¿No me llamabas por eso?

Ben se fue hasta el salón. Apoyado contra la chimenea había un cuadro al óleo, un retrato muy especial de Erin a los cinco años pintado por Gabe.

–Les...

–¡Ah, lo has visto!

Ben deslizó los dedos por la cinta de raso que lo envolvía como regalo.

–No puedo aceptarlo.

–Es tu favorito.

–También el tuyo. Y estoy seguro de que Gabe haría una copia si se lo pidiéramos.

–Es un retrato original. Y nuestra hija es original. Quiero que lo tengas tú, Ben. Por favor. Me haría muy feliz.

–No me debías nada por Navidad.

–¿Tú crees?

–¡Dios, Les! En momentos como éste no puedo entender cómo nos divorciamos.

Un largo silencio siguió a sus palabras.

–Muchas parejas se llevan mejor cuando han roto.

Ben se frotó la frente intentando recordar si su matrimonio había ido tan mal como él había creído.

–Supongo.

–¿Cuándo podemos hablar de Erin? –preguntó Les.

–Me contó algo de que iba a dormir en casa de Ashley el día de Nochevieja.

–Ése es el plan. Pero yo tengo que trabajar mañana, sin embargo.

–¿Por qué no voy a la casa cuando salgas?

Les tardó un momento en responder.

–Aquí no, Ben. Prefiero un sitio más neutral.

–Tú nunca has estado en mi ático. ¿Te importaría? Es privado y aquí no hay muchos recuerdos nuestros.

–Supongo que estará bien. Iré después del trabajo.

–¿Les?

–¿Sí?

–Gabe y Chase lo saben. Lo de la noche de Navidad. No se lo he dicho yo. Parece que tú se lo contaste a Gabe y él pensó que estabas bromeando, así que siguió con la broma un poco más, pero yo no me di cuenta. Lo siento.

Ella suspiró.

–Erin le hubiera contado que nos había visto besándonos, así que habríamos estado a la luz pública de todas formas. ¿Cómo reaccionaron?

–Como puedes esperar. Les, no comas antes de venir mañana. Tendré la cena lista. Sólo llámame antes de salir para acá.

Después de darle las gracias de nuevo por el retrato, colgó. El día siguiente lo arreglaría todo. Podrían buscar la forma de tratar con Erin y quizá superar las viejas heridas entre ellos. Sería la primera vez que estarían completamente solos, pero habían llegado a un nuevo punto en su relación y necesitaban decidir cómo llevar los cambios.

Además, un año nuevo significaba un nuevo comienzo.

Pero antes tendrían que resolver el pasado.

Capítulo Ocho

Más nerviosa que en su vida, Les salió del aparcamiento de debajo del hotel y se dirigió al ascensor. El garaje estaba medio vacío. La mayoría de los huéspedes usaban el servicio de coches suministrado por el hotel cuando estaban en la ciudad por negocios. Las suites tenían unos precios elevados, pero ofrecían todos los lujos por su precio en cuanto a comida, acomodación y servicios comerciales o personales, desde secretarias a masajistas. Y no había habido una vacante desde el mes siguiente a su apertura. Y dada la lista de espera, tampoco las habría en un futuro.

Ben se había creado un hueco magnífico en el negocio y había expandido su empresa en Seattle y en Silicon Valley.

Leslie estaba asombrada de lo que había conseguido. No porque dudara de su habilidad para alcanzar el éxito en lo que se propusiera, sino de que hubiera creado un mundo tan lujoso viniendo del entorno del que venía.

Sus pasos resonaron en el cemento mientras se preguntaba cómo no tendría una cita el día de Nochevieja. O quizá la tuviera. Quizá esperara solucionar las cosas con ella y después quedar con otra.

La puerta del ascensor se abrió sola en cuanto se acercó a ella.

–Te vi llegar en coche –dijo Ben tapando con la mano la célula fotoeléctrica para mantener la puerta abierta.

Llevaba un traje oscuro con una camisa blanca inmaculada y una corbata que hacía juego con el color gris de sus ojos. El efecto era embrujador.

—Estás... asombroso.

Él marcó unos números en un panel.

—¿De verdad?

—Casi me había olvidado que eres un hombre de negocios.

—Tampoco tú pareces una policía esta noche.

Leslie había aprovechado la hora del almuerzo para irse de compras y había comprado unos pantalones de pinzas de color humo con una camisa de seda a juego, que era la prenda más femenina que él le había visto nunca, con sus botones de perlas.

—Eso ha sido un cumplido, supongo.

—Desde luego. ¿Y el tuyo?

Ella asintió. ¿Por qué se sentía como en su primera cita? Él quería hablar de Erin y también acabarían hablando de lo que había pasado en Navidad. Cualquier cosa aparte de ésa, eran sólo ilusiones suyas.

La puerta se abrió en el ático y salieron al suelo enmoquetado del recibidor que abría a un salón cómodamente amueblado.

—Es bonito, Ben. Realmente bonito.

—Pareces sorprendida.

Bajaron los tres escalones que daban a la sala.

—No sé lo que esperaba. Algo como un apartamento de soltero, supongo, pero esto es... muy acogedor.

La habitación reflejaba los colores otoñales con su rojo arce, oro y tonos castaños. El retrato de Erin ya había encontrado un sitio de honor cerca de la chimenea. Dos pinturas más de Gabe le llamaron la atención y una acuarela que reconoció del estilo de Cristina.

—Es mi casa. ¿Qué te apetece beber?

¿Necesitaba mantener la mente despejada o podía abandonar sus inhibiciones?

—¿Qué tomas tú?

—Un maravilloso cabernet que descubrí en una pequeña bodega de la costa. ¿Te apetece probarlo?

—Claro.

Dios... sonaba tan sofisticado, no tanto por sus palabras como por su tono.

Ben entró tras la barra y abrió una botella de vino con enorme gracia, no de forma pomposa o dramática, sino como un anfitrión haciendo su papel a la perfección.

Debía haber caído en una película de Cary Grant. Era la única explicación para sentirse tan turbada. Las situaciones sociales normalmente no le preocupaban porque a lo más que llegaban era una pizza y una cerveza excepto las ocasionales salidas con Gabe. Y ésas ya se habían acabado ahora que se había casado. Ahora tenía una mujer con la que ocupar su tiempo.

–Huele bien –comentó.

–Es cordero a la brasa.

Le pasó la copa de vino y Leslie se preguntó a cuantas mujeres habría llevado allí agasajándolas con su increíble atractivo, su elegante atención, su maravilloso cuerpo y su generosidad en la cama...

«Párate, Leslie. No te hagas esto a ti misma. Lo hecho, hecho está. ¿Cuántas veces tendrás que repetírtelo», pensó irritada.

–Estás muy silenciosa –comentó Ben mirándola por encima de la copa.

Leslie agradeció que no hubiera realizado la ceremonia de la cata. Dio un sorbo y se atragantó.

–Estás nerviosa –dijo Ben con cara de sorpresa mientras le palmeaba entre las costillas.

–Sí.

–¿Por qué?

–Estoy perpleja.

Ben la miró con gesto especulativo.

–Te ofrecería ir a otro sitio, pero el día de Nochevieja dudo que podamos encontrar ningún sitio y todos los restaurantes estarán muy ruidosos. Podemos bajar al restaurante del hotel. Conozco al dueño.

Aquello era ridículo, pensó Leslie. Podría aguantar pasar una hora con él y cuando empezaran a hablar de Erin, se relajaría.

–Está bien aquí.

Ben vaciló.

–La cena tardará un poco en estar lista. Toma asiento.

Leslie se sentó en el extremo del suave sofá de cuero y Ben en el medio. Su expresión reflejaba tolerancia y eso lo odiaba.

–Querías hablar de Erin.

–No voy a morderte, Les.

Ella frunció el ceño.

–¿Sabes? Si te quitaras la americana y te aflojaras la corbata, me sentiría mucho mejor.

–¿Mejor?

–Como te conocía.

–Ya me has visto arreglado antes.

–Pero no así. No estando los dos solos y en ninguna ocasión especial.

Él hizo lo que le había pedido colgando la americana en un taburete, metiéndose los gemelos en el bolsillo y enrollándose las mangas antes de aflojarse la corbata.

–Tengo que aparecer abajo más tarde, si no me pondría otra ropa.

–Eso vale. Gracias.

–De nada –se arrellanó en el sofá y alcanzó la copa–. ¿Qué te parece el vino?

–Está bien. ¿Podemos ir al grano?

–De acuerdo. ¿Recuerdas una conversación que tuvimos hace unos meses acerca de lo bien que se había tomado Erin el divorcio?

–Lo recuerdo. Mereció la pena anteponerla a todo.

–Pues creo que nos equivocamos.

Leslie posó el vaso delante de ella.

–No lo entiendo. Erin está bien adaptada y lo ha aceptado.

–No según ella. Dice que si hubiéramos pensado en ella no habríamos aceptado este estúpido divorcio. Esas fueron sus palabras. Y lloró Les. Me rompió el corazón.

Leslie se frotó los brazos y sintió un escalofrío.

–Yo creía que estaba bien.

–También yo. ¿Qué podemos hacer?

–¿Cuánto de contó eso?

–La mañana en que te fuiste de la cabaña.

–¿No crees que fuera por esa situación particular? ¿El que nos volviera a ver juntos?

–He pensado mucho en ello y no lo creo. Eso es algo que se ha guardado dentro y que probablemente continuará.

–Como a nosotros.

Ben no la entendió al instante.

–¿Cómo a nosotros?

–No habría pasado nada si no hubiéramos estado aisladas allí, a solas con nuestros recuerdos. A Erin le desbordó emocionalmente la tensión de la situación.

–¿Eso es lo que pasó entre nosotros, Les?

–No puedo hablar por ti... pero éste no es el problema, ¿verdad? ¿Qué vamos a hacer con Erin ahora que nos ha visto besarnos?

–Va a ser espinoso.

–Simplemente tendremos que decirle sin rodeos que no vamos a reconciliarnos y espero que cuando nos vea con otra gente, nos crea.

Otra gente.

–¿Quiere eso decir que Alex va a jugar un papel en tu vida? ¿En la vida de mi hija? ¿Vas a darle un padrastro, Leslie? ¿Vas a casarte con él?

–Alex y yo hemos llegado a un entendimiento. Y sigo pensando que a Erin le sobrepasó la situación, Ben. Creo que está bien adaptada. Es la primera vez que ha dicho algo en todo el tiempo que llevamos separados.

–Creo que estás equivocada y la situación la está consumiendo –se levantó para servir más vino intentando apartar la imagen de Les en la cama con otro hombre–. Después de que te fueras, se puso más furiosa que en toda su vida. Dijo que cuando ella fuera mamá, no trabajaría y no pasaría por un estúpido divorcio. Que todos estarían juntos y felices. Te dije que estaba dormida esa noche cuando llamaste porque me lo pidió ella y no quería obligarla a hacer algo que la disgustara más.

83

Desde la barra vio a Leslie reclinarse contra el respaldo y taparse la cara con las manos.

–Lo siento, Les. No creo que sea algo que se pueda solucionar con una varita mágica o que con un poco de tiempo se pase.

Leslie estaba muy pálida cuando lo miró.

–Me da la impresión de que habla con Gabe con más sinceridad que con ninguno de nosotros. Me dolió mucho cuando me dijo que Gabe se sentía como si también se hubiera divorciado. Está tan unida a él...

–Supongo que deberíamos estar agradecidos de que le tenga a él para hablar si cree que no puede hablar con nosotros.

–Pero sí puede hablar con nosotros. No entiendo por qué crees que no puede.

–Ni siquiera me contó lo de su novio –dijo Leslie con expresión sombría.

El temporizador sonó y la intrusión fue bienvenida.

–La cena está lista.

Se miraron el uno al otro.

–Vamos a dejarlo unos minutos para despejarnos la cabeza, ¿de acuerdo, Les? Los celos de Gabe me están impidiendo pensar con claridad. ¿Por qué no disfrutas del vino mientras yo le doy los últimos toques a la cena?

–¿Puedo poner la mesa o algo así?

–Está puesta –contestó él mientras se dirigía a la cocina.

–¿Ben?

Ante el sonido trémulo de su voz, Ben se detuvo para mirarla.

Leslie se levantó con movimientos torpes y expresión de angustia.

–No puedo soportar que sea infeliz.

Él la agarró por los hombros.

–Ya lo sé.

–La he fallado. Últimamente parece que fallo en todo.

Sabiendo exactamente cómo se sentía, Ben la atrajo hacia sí y le frotó la espalda intentando calmarla.

¿Qué diablos?

Deslizó la mano por la mitad de su espalda.

—¡Te has puesto sujetador!

Leslie se sonrojó con violencia.

—Nunca te había visto... no sabía que usaras sujetador.

—Hay muchas cosas de mí que no sabes.

Ben retrocedió y deslizó la mirada de forma automática. Ella se arqueó hacia atrás un poco en una clara reacción femenina.

—Puedes venir conmigo a la cocina, Les. No te haré fregar platos ni nada así.

La desilusión asomó a sus ojos. Ben no sabía qué pensar.

«Alex y yo hemos llegado a un entendimiento», había dicho poco antes. ¿Qué significaría?

—No me importa fregar los platos. Después de todo, tú has preparado la cena.

Cuando entraron en la cocina, Leslie se quedó impresionada primero del tamaño de la habitación y después del ambiente de chef profesional. Todo el equipamiento de acero que se usaba en los restaurantes y una enorme encimera en el centro con un fregadero extra y tabla de cortar. Allí se podría cocina para cien personas.

—Debes usarla mucho.

—Lo cierto es que últimamente no. Cuando la diseñé sí, por supuesto que tenía planes, pero no sabía lo agotador que podía llegar a ser dirigir un hotel como éste y poner dos más en funcionamiento. Invité a cenar a Gabe, Cristina, Chase y Tessa hace unos quince días. Fue una cena muy agradable.

Sus palabras le produjeron una punzada de dolor. Sus amigos, ahora tenían que reunirse con ellos por separado. ¿Tendría Ben también una cita en aquella cena? Por supuesto que sí. Así todo serían parejas.

Les se acercó al frigorífico sorprendida del montón de papeles pegados con imán. La tarjeta de notas de Erin, un examen, un dibujo.

Fotocopias. Todo fotocopias.

Parecía que Ben hacía fotocopias de sus trabajos cuando pasaba algún día con ella y le dejaba llevar los originales a casa, donde Leslie también los ponía en el frigorífico. Los de él eran en blanco y negro y los de ella a todo color. Sintió pena por él y se prometió que le haría llegar algunos originales.

–¿Puedo ayudar?

–Saca un taburete. Dame una bonita escena para mirar –dijo mientras pasaba el cordero y las patatas rojas a una bandeja.

A Leslie siempre le había encantado verlo cocinar, observar su gran cuerpo moverse con tanta gracia en un entorno tradicionalmente femenino y verlo cortar y preparar con tanta elegancia.

–¿Qué más vamos a tomar?

–Espárragos verdes y ensalada.

–Puedo cortar la ensalada.

–Todavía no he preparado la vinagreta.

–¡Oh!

Le pilló mirándola el pecho, pero apartó la vista aprisa y ella enderezó un poco los hombros. Ben la volvió a mirar por segunda vez.

Sonriendo para sus adentros, se le aceleró el pulso.

Ben puso la bandeja a fuego lento para que se redujera la salsa y metió los espárragos en un vaporizador.

–Sé que estás haciendo esto a propósito.

–¿Haciendo qué?

Leslie no pudo evitar batir los párpados.

¿Qué era aquello? ¿Leslie coqueteando? Aquella era una nueva faceta en ella.

–¿Está funcionando?

–Si quieres que pasemos de la cena y nos vayamos a la cama, dilo, Les.

–Eso sí que es ser directo.

–Que es lo que me gustaría que fueras tú –le dirigió una larga mirada antes de agarrar un pequeño cuenco y empezar a mezclar los ingredientes para la vinagreta.

Ben quería saber a qué arreglo habían llegado Alex y ella. Necesitaba saberlo.

–¿Piensas tener sexo esta noche, Les?

–¿Te apetece a ti?

–¡Oh, sí! –se dio la vuelta de forma brusca, abrió el frigorífico y sacó la ensalada cortada ya–. Pero sólo si no tienes compromisos con otra persona y ninguno de lo dos vamos a sentirnos culpables.

–¿Te sentiste culpable después de la noche de Navidad?

–Les, culpabilidad fue lo que menos sentí. No podría ni poner en palabras todos los sentimientos que tuve.

–Inténtalo.

Él sacudió la cabeza. Ni siquiera quería saber lo que ella había sentido. En lo que a él concernía, era mejor no saberlo porque alguno de los dos saldría dolido.

Unos silenciosos minutos más tarde, se sentaron en la mesa del comedor, con las luces bajas, la música sonando y las velas encendidas. El ambiente era importante, pero al mirar a su alrededor comprendió que Ben había preparado un escenario especial. Más romántico, oscuro, suave. Un ambiente para impresionarla.

Para seducirla.

Comprenderlo le ató la lengua más que saber que había estado coqueteando con él en la cocina. El lenguaje corporal le enviaba el mensaje incluso aunque la conversación fuera normal, mundana incluso.

Estaba en la forma en que le rozó la mano un par de veces, en cómo le sonreía, con los ojos brillantes y sonrientes.

Y al final de la comida, Les alzó la copa de vino, lo miró y la bajó con cuidado. Tenía los nervios a flor de piel.

–¿Puedo preguntarte algo? –le dijo.

–¡Claro!

La respuesta era sí. Sí, podían ir a la cama desde allí mismo. Sí, podían desnudarse en unos segundos. Sí, podría llevarla al clímax...

−¿Te habrías sentido feliz si hubiera seguido siendo la chica con la que te casaste?

Capítulo Nueve

Leslie lo vio considerar la cuestión intentando entenderla.

–Me ha sonado a crítica, Les pero no entiendo por qué me lo estás preguntando.

Ella apoyó los codos en la mesa y se inclinó hacia él.

–Me dijiste por teléfono la otra noche que a veces no podías recordar por qué nos habíamos divorciado. Vamos a hablar de ello. Nos escondimos tanto tiempo tras la imagen del divorcio perfecto, que ni siquiera recordamos cómo fueron las cosas antes.

–¿Y qué bien nos hará hablar de ello, Les?

–Cuando nos casamos, yo no era más que una niña. Aunque teníamos la misma edad, yo era mucho más ingenua que tú. Tú ya habías tenido muchas responsabilidades desde pequeño y habías cargado con el peso de la casa mucho antes de lo que deberías. Yo no maduré hasta que... no lo sé exactamente. Supongo que hasta que fui madre.

–Hasta que te convertiste en policía.

Su tono fue crítico y Leslie intentó explicarse mejor.

–Entonces empecé a ser yo, pero también era mayor. Yo había sido el bebé de la casa siempre y nunca me habían cargado con ninguna responsabilidad. Mi padre era la fuerza dominante, lo contrario que te pasó a ti. No me convertí en quien soy hasta no encontrar algo en lo que sintiera que era buena. Creo que ya dice bastante que no esperara hasta la mitad de la veintena para casarme.

–Parece que tu cuestión tiene poco que ver con mi felicidad y mucho con la tuya. Parece como si desearas que no nos hubiéramos casado

–Yo no he dicho nada de eso –frustrada porque no la entendiera, esperó a responder antes de explotar y decirle que nunca había dejado de amarlo–. Estoy intentando decirte las conclusiones que he sacado desde el divorcio.

–¿Te traté yo como a una niña, Les?

–No exactamente, pero... No sé cómo describirlo. Tú me cuidabas. Tomabas todas las decisiones y esperabas que las acatara sin discusiones. Era que tú estabas acostumbrado a mandar y yo, a obedecer. Pero pensé que tú también habías admirado mi fuerza y ésa no podía manifestarla en casa. Contigo podía. Y lo hacía. Entonces, ¿qué pasó?

Ben apagó una vela, después otra.

–Antes de que nos casáramos, yo tenía planes. Después, tú empezaste a cambiármelos.

–¡Nuestras vidas cambiaron! Nuestros planes no eran prácticos en el mundo real. Los dos decidimos que yo no debería trabajar como tu madre lo había hecho, pero tampoco esperábamos un bebé tan pronto. No teníamos un céntimo y teníamos deudas desde el momento en que nos casamos.

–Deudas que yo pagué y créditos sin los que no hubiera podido empezar mi negocio. Mi padre nos dejó a mis hermanos y a mí sin nada. Nada. Nos falló. No tenía derecho a tener tres hijos si no podía sacarlos adelante. Tú simplemente no pudiste esperar a que demostrara que yo sí podía.

Ella se apoyó contra el respaldo sorprendida.

–Yo sabía que lo conseguirías, pero mientras tanto teníamos un bebé que criar.

–Yo acepté que tuvieras que trabajar una temporada, Les, ¿pero de policía? Y hablando de tomar decisiones. Ni siquiera me dijiste una sola palabra antes de hacerlo.

–Me hubieras dicho que no. El salario era estupendo y tenían seguros.

Ben se inclinó hacia adelante.

–No era el trabajo adecuado para una madre con un bebé. No sólo por los riesgos, sino por las horas también. Ya era bastante malo que yo dedicara tanto tiempo a mi negocio, como para que tú trabajaras tantas horas.

–Trabajé por las noches, dormí poco y me pasaba el día con nuestra hija hasta que fue al colegio todo el día. Yo también me sacrifiqué.

Después de un minuto, Leslie se levantó para acercarse a su lado.

–¿Te vuelvo a preguntar: ¿habrías sido feliz si yo hubiera seguido siendo la chica con la que te casaste?

–¡Sí! –se levantó hacia ella–. Eso no es lo que quieres oír, pero sí. Entonces te conocía y sabía lo que querías. Después dejé de conocerte, Les. Y ahora apenas te conozco nada. ¡Si hasta llevas sujetador, por Dios bendito!

–Después de todo lo que ha pasado esa noche, ¿te extraña que me haya puesto sujetador?

Ben la miró enfadado, notó que en sus ojos brillaba el humor y se relajó.

–Necesitamos relajarnos. ¿Qué te parece si bajas conmigo mientras soluciono algunas cosas? Tomaremos el postre en el restaurante.

–¿Por qué no me quedo a lavar los platos?

–Cobarde.

Ella abrió mucho los ojos.

–Tienes miedo a que te vean en público conmigo.

–No lo tengo.

–Sí. ¿Leslie O´Keefe Sullivan teme a algunas lenguas malévolas? ¿La misma Leslie que se encerró en el vestuario después del partido del año?

Ella alzó la barbilla.

–Tenía razones para hacerlo.

–Querías ver desnudos a los jugadores.

–¡No es verdad! Quería felicitarte por haber metido aquellas cuatro cestas.

–Podrías haber esperado veinte minutos.

–Sebastian me retó. Y yo no miré ningún trasero desnudo salvo el tuyo. Estaba completamente impresionada. Tan impresionada que cuando aparcamos esa noche para despedirnos, te desabroché los pantalones y te toqué por primera vez.

Ben recordaba cada detalle. Cómo temblaba tanto que hasta le castañeteaban los dientes. Cómo habían escalado la pasión mucho más aprisa que antes. Cómo él había perdido el control. Y después la fascinación de ella.

De repente se bajó las mangas, se puso los gemelos y se apretó la corbata.

—Recuérdame que le dé las gracias a Sebastian la próxima vez que lo vea.

—Si es que lo volvemos a ver.

—Aparecerá, Les. Gabe dice que volverá a defenderse de la acusaciones.

—No me lo puedo imaginar sin poder andar. Siempre lo vi subido a los tejados o escalando montañas como una cabra.

Ben se puso la americana.

—Quizá no vuelve a trepar a los tejados nunca más, pero seguirá siendo un constructor. Lo lleva en la sangre. Vamos, tigresa. Que te vean en público conmigo.

—Déjame que me retoque los labios.

—Otra cosa nueva en ti.

—También hay muchas cosas en ti que me sorprenden, Ben.

Les sacó el tubo plateado del bolso y se miró en un espejo de la pared. Ben estuvo a punto de detenerla. Estuvo a punto de atraerla a sus brazos y besarla. Su imaginación siempre había conjurado imágenes que no se habían hecho realidad y supo que no podía siquiera intentar besarla. Se habían reunido para hablar de Erin.

Y parecía ser que la discusión había acabado.

Ben la presentó sólo como Leslie. Sin apellido. Una mujer misteriosa. La mayoría de su personal sabía quién era porque se había pasado algunas veces durante los tres últimos años. Pero nunca había comido en el restaurante.

Ben la dejó en una mesa de una esquina desde donde podía ver toda la sala y observarle en su trabajo. Para ella era un auténtico desconocido en aquel mundo, un desconocido encantador y solícito que captaba la atención de muchas mujeres. El genuino anfitrión, sin aparentar.

Ella había estado acariciando la idea de resucitar la relación con él hasta ver lo que estaba viendo. Él seguiría queriendo que Erin y ella vivieran allí, criara a Erin allí, donde no había vecindario, ni niños, ni generaciones de historia. Todo el mundo en su manzana conocía a Erin y la vigilaba como hacía ella con los demás niños. Eran una comunidad.

Mientras que el hotel era sólo un negocio. Él había creado un entorno estable, pero eso no era un hogar. Él pertenecía allí y ella no.

Le observó servir el postre a una mesa de ocho con su camarero de pie a su lado listo para sustituirlo en cuanto hubiera dado el toque personal.

Cuando por fin volvió a la mesa, llevó el postre más decadente que había visto en su vida. Una corona de chocolate puro, rellena de mousse de chocolate y salpicada de gotas de color blanco.

—¿Quieres compartirlo?

—Desde luego que no. Pídete otro —se acercó y metió la cuchara en el medio—. Esto es la gloria. La pura gloria.

Ben se reclinó en la silla esperando y después de unos cuantos bocados, los apartó el plato.

—Come —metió la cuchara a la vez que él—. Y deja de mirarme con esa cara

Leslie dio otro bocado.

—No me puedo imaginar dedicar tu tiempo a hacer algo como esto para un momento de placer de otras personas.

—Yo soy un chef paciente. Un momento de placer es importante también.

Ella se reclinó contra el respaldo y entonces se le ocurrió que ellos nunca antes habían tenido una cita como ésa. En el colegio iban a acontecimientos deportivos y de vez en cuando a ver alguna película. La mayoría del tiempo Ben trabajaba y se quedaban en casa en cuanto alguno de los dos tenía un momento libre. Y había pasado apenas un año desde que terminaron la secundaria.

Aquella era su primera y última cita, al menos de naturaleza romántica. E incluso así, él estaba trabajando. ¿Se estaría interponiendo en su trabajo? Ya le pesaba su intromisión en sus vacaciones con Erin.

Y también le pesaba la sensación de haber estado con él de nuevo, de reírse, de hablar, de hacer el amor. Era un derrotero peligroso de pensamiento, sobre todo deseándole como lo deseaba. ¿Qué se suponía que debía hacer ahora? ¿Olvidar lo que había pasado en Navidad?

–¿Pasa algo malo? –preguntó él.

Evitando su mirada, ella apartó la cuchara.

–No.

–Les...

–Supongo que ya es hora de que me vaya.

Ben la observó mirar a su alrededor deteniéndola en todos los presentes. Examinaba la habitación de forma automática porque nunca abandonaba la actitud de policía del todo. Su postura era diferente en ese momento, dispuesta para la acción. Y había otros detalles. Como el que nunca se quedara enfrente de una puerta cerrada sino a un lado incluso en territorio familiar. En como siempre se ponía de espaldas a la pared para tener todo el campo de visión despejado.

Él esperó que lo mirara. ¿Estaba nerviosa de nuevo? Pensó que los dos ya habían superado los nervios. Habían pasado una buena tarde aunque dura y aunque no fuera nada más, ya debería haberse relajado con ella esas alturas.

–No hemos solucionado el asunto de Erin –dijo Ben sólo para mantener la conversación.

–¿Por qué no nos damos un par de días y esperamos a que vuelva a clase después de las vacaciones? Después hablaremos con ella.

–Me parece bien.

Ben no quería que la noche terminara y mucho

menos cuando habían llegado a un acuerdo. Él se había sentido acosado por lo que había sucedido entre ellos en la cabaña y no había dejado de soñar con ella, Había creído que había superado el fracaso de su divorcio, pero no era así. Al menos no del todo.

Los dos habían cambiado tanto desde el día en que se habían casado... Se habían movido en direcciones contrarias casi desde el principio: ella dedicada al servicio de la comunidad y a menudo trabajando entre lo más bajo de la escala social y él al contrario, en un mundo de lujo y dinero.

–¡Es él! –dijo de repente Leslie con la mirada clavada en alguien.

Ben siguió la dirección de su mirada.

–¿Quién?

Leslie se levantó de golpe y la servilleta le cayó al suelo.

–El tipo de la cabaña. Maldita sea, me ha visto mirarlo. Se está yendo.

Ben la siguió mientras ella atravesaba el restaurante a toda prisa. Leslie pasó casi empujando a las personas que estaban de pie en la barra de fuera para detenerse en seco mirando a su alrededor.

–¿Lo ves? –preguntó Ben deseando saber qué era lo que estaba buscando.

–No –salió a la calle y miró en ambas direcciones apretando la mandíbula con frustración–. Es demasiada coincidencia. Ahora sí estoy segura de que va tras Sebastian y nos vigila para que lo llevemos hasta él.

–Sólo que nosotros no sabemos dónde está.

–Tenemos que avisar a Gabe y a Chase. Puede que los estén vigilando también.

–Podemos llamar desde arriba ahora mismo.

–De acuerdo. De todas formas, tengo que recoger mi bolso y mi jersey.

Después de las llamadas se iría.

–¿Te apetece un café antes de irte? –preguntó él con necesidad de retrasar su partida.

–Sí –dijo sin mucha convicción.

Ben no intentó tocarla en el ascensor por miedo que lo rechazara. Y con más miedo aún a que se fuera.

Eso le llevó a dos conclusiones básicas. Haber tenido una hija juntos los mantenía atados, pero también algo más: el sexo.

Sólo había tenido que verla cruzar su habitación y ya la deseó con una pasión que no le parecía humanamente posible y con una necesidad imposible de controlar. No importaba que más pasara en sus vidas, siempre sería así. Aquella necesidad. Aquella ansia. Aquel deseo. Y no podía decírselo.

Leslie se fue al teléfono de la cocina mientras Ben preparaba la cafetera. Para cuando terminó de hacer las llamadas, el café estaba listo. Sirvió dos tazas, pero se quedaron en la cocina de pie uno frente al otro ante la encimera central.

–¿Cómo de peligroso es ese tipo?

–Me da la impresión de que sólo está investigando para informar a alguien. Si no, ya me habría atacado en la cabaña. O en cualquier otro sitio. A menos que...

–¿A menos qué?

–Me pregunto si habría seguido cuando fui a tomar prestado el Jeep de Sebastian. Pediré al dibujante de la policía que me hagan un retrato robot. Así, Chase, Gabe y tú sabréis lo que tenéis que buscar.

Ben dio un sorbo a su café relajándose de nuevo. ¿Y ahora qué? ¿Cómo acabarían la velada?

–¿Te acuerdas de la primera vez que hicimos el amor? –preguntó ella de repente volviendo la cabeza hacia él.

Ben se puso tenso al instante.

–La noche de graduación de secundaria. Toda la noche.

–Leí en un artículo de una revista cómo las parejas que planean la noche bien y hacen de ella una ceremonia, acaban con mejores recuerdos y menos decepciones.

–Nosotros lo planeamos bien.

Leslie apartó un poco la taza.

–Cada vez que me acuerdo de esa noche, pienso en lo ingenua e inocente que era.

–Llevabas puesta aquella cosa de fru fru.

–Intentaba estar deslumbrante.

Ben lo recordaba.

–Me temblaban tanto las manos cuando te lo alcé por la cabeza que te enredé los brazos en él.

–El pelo también.

–Seguía intentando liberarte, pero sólo podía mirar a tu cuerpo. Eras tan perfecta.

La veía con tanta claridad como si se tratara de una película en su cabeza con sonido y todo. Sus halagadores suspiros y jadeos. Les no había sentido la menor timidez en decirle lo que le gustaba y lo que no.

–Me llevaste a la cama.

–Me parecía lo más romántico. Me esforcé tanto para que te gustara, pero fui demasiado rápido para ser la primera vez. Siempre me he arrepentido de ello.

–Pero lo compensaste. Fue una preciosa noche, un tesoro para mí.

–Y para mí.

¿Qué estaba pasando?, se preguntó él en silencio. ¿Por qué sacar el pasado aquella noche?

–Necesito proximidad, Ben. No me había pasado nunca ni siquiera después de firmar los papeles del divorcio.

–¿Qué me quieres decir exactamente?

Ella alzó la barbilla y ladeó la cabeza.

–Quiero pasar la noche contigo. Sólo esta noche y nunca más. Tú seguirás con tu vida y yo con la mía.

O sea, que no la había interpretado mal. Era un pequeño consuelo que lo deseara tanto como él la deseaba a ella. Pero tendría que pagar un precio.

–¿Una ceremonia final, quieres decir? ¿La que lo acabe todo? ¿Incluyendo los recuerdos, Les? ¿Cómo podemos quitarnos de encima los recuerdos?

–Eso me gusta. Sí, una ceremonia. La libertad de decir y hacer lo que queramos. No hablaremos de lo que nos fue mal y nunca volverá a estar bien de nuevo. Y después, por la mañana, una despedida limpia.

Ben no quería analizarlo, ni su razonamiento ni

desde luego el resultado de después. Ella podía creer que acostarse juntos ayudaría, pero él no estaba tan seguro. Pero no podía rechazarla porque sus necesidades se reflejaban en lo que veía en sus ojos, inquietos y demandantes. Cargados de promesa.

–Creo que cometimos un error al intentar que nuestro divorcio fuera tan perfecto, Ben. Dejamos muchas cosas en el tintero. Muchas cosas sin hacer. Fue demasiado civilizado –apoyó una mano en su torso–. No quiero ser civilizada esa noche.

Apretándole la mano, la sacó fuera de la cocina, atravesó el salón y se dirigió al recibidor sin soltarla para que no cambiara de idea. Una vez allí marcó un código en el panel del ascensor para bloquear el acceso de nadie al ático.

–Intimidad –dijo él quitándose la americana para tirarla al sofá cuando volvieron por el mismo camino que habían ido–. He estado soñando contigo –dijo asiéndole la cara entre las manos para ver su mirada cargada de alivio.

–Lo de la otra noche no fue suficiente.

–Demasiado rápido.

–Y demasiado desbordante. No me parecía el mundo real.

–Esto es real, Les. Tócame. No me desvaneceré.

Ella posó las manos en su abdomen antes de deslizarlas alrededor de su cintura pegando sus caderas a él.

–¿Así?

Ben vio la transformación que se operó en ella. La vacilación fue sustituida por la seguridad de haber estado varios años juntos. No era nuevo y lo sentía a estrenar de una manera diferente a la primera porque los dos sabían qué esperar. Sabían que no había dolor ni ansiedad. Ahora él podría contenerse y no ser demasiado rápido...

Ben cruzó las manos sobre su trasero manteniéndola inmóvil, dejándola sentir cuanto la deseaba, disfrutando de la forma en que ella se pegó a él con la vista clavada en la suya.

–Siempre ha sido tan condenadamente bueno entre nosotros, Les.

–Sí.

El mundo terminó en un instante cuando él apretó los labios contra su cuello saboreando su perfume con la lengua.

–Apenas pude mirarte la otra noche –dijo ella jadeante–, y mucho menos tocarte. Eso lo eché de menos. Mucho más de lo que podrías imaginarte. Tu cuerpo es tan fuerte... tan masculino.

Ben susurró su nombre antes de cerrar los labios con fuerza sobre los de ella, atrayéndola más cerca, invadiendo su boca con la lengua, sintiéndola un todo con él, su igual, su compañera. Alzándola en brazos, se la llevó a la habitación. Ya tendrían tiempo de finezas más adelante. De momento sólo existía la necesidad.

–Veamos cómo estás sin sujetador Tigresa, –dijo cuando la tendió sobre la sábana azul marino.

Capítulo Diez

Agradecida de haber recordado quitarse la cadena con su anillo de casada cuando se había arreglado, Leslie cerró los ojos cuando los dedos de Ben se deslizaron por su espalda, el aire fresco erizándole la piel donde los botones la iban descubriendo. En conmemoración privada a su primera vez, se había vestido de azul: un sujetador de satén que le alzaba los senos y bragas a juego muy altas en la cintura. En su trabajo, la fuerza era primordial y como resultado, sus músculos tonificados y fibrosos le traían su recompensa. Estaba mejor a los treinta y dos años de lo que lo había estado a los dieciocho.

Les abrió los ojos cuando él le sacó la camisa de la cintura y la deslizó por sus brazos para tirarla a un lado. Su silenciosa mirada ya era suficiente cumplido, pero cuando deslizó los dedos por su piel cubierta de satén, apenas pudo respirar.

–Tengo amigas –dijo por fin–, que se quejan del poco tiempo que les dedican sus compañeros y he tenido que morderme la lengua para no contar la cantidad de tiempo que dedicabas tú a excitarme, a volverme loca. Tú hacías del preludio un arte –deslizó un dedo por la pechera de su camisa–. No quiero presionarte nada, tipo duro –imitó el acento sureño de las películas–, pero tú eres una leyenda en mi mente.

Le aflojó la corbata y la soltó antes de dedicarse a sus gemelos y los botones de su camisa. Cuando se la quitó, se frotó la cara contra su torso ronroneando como un gato.

–Tu pecho es tan... bueno.

–¿Bueno? –preguntó con voz ronca de la excitación.

–Ancho. Moldeado como el acero. La cantidad de

vello justa y suave como la seda. Esos tensos músculos de tu estómago. Adoro tu olor.

Se agachó y deslizó los labios desde su cintura hasta sus costillas hasta que él la asió por los hombros y la alzó para darle un beso en la boca.

–Más despacio –murmuró contra sus labios–, o tendré que avergonzarme como la primera vez.

A Leslie le gustaba tener aquel poder. Clavó la mirada en él, le desabrochó el cinturón y bajó la cremallera. Él se encargó del resto, despojándose de todo hasta que quedó desnudo frente a ella. Justo cuando ella iba a enroscar la mano en su duro ardor masculino, él la detuvo.

–Llevas demasiada ropa puesta, dama de azul. No –le asió por las muñecas cuando iba a desabrocharle los pantalones–. Eso es privilegio mío.

Les se quitó los zapatos y esperó ansiosa y tan excitada que la piel le ardió cuando su aliento le abanicó.

Ben le desabrochó los pantalones y se los deslizó por las piernas. Arrodillándose deslizó las manos por sus muslos hasta el elástico de sus bragas sobre su trasero, atrayéndola hacia él. Les gimió cuando él utilizó la lengua para trazar los bordes de las bragas, primero un lado y luego el otro antes de deslizarse hacia el mismo centro, moviéndose hacia abajo.

Ben la sorbió con su boca, con suavidad al principio y después con el convencimiento de saber lo que le gustaba, cómo le gustaba, cuando quería que avanzara más, cuando necesitaba que concentrara su atención. Las oleadas de placer la bañaron, pero él se retiró antes de que pudiera llegar a la cresta, dejándola temblorosa y expectante.

Ben se levantó con fluidez, le apartó el pelo de la cara y la besó, su boca un sombrío carbón ardiente que levantó sus llamas aún más arriba hasta que ella le rogó que entrara dentro de ella. Que acabara el tormento, que enfriara el fuego que había desatado fuera de control.

–¿Estoy a la altura de mi reputación? –preguntó de repente Ben con voz ronca alzando la cabeza.

Ella sólo pudo asentir.

–¿Te ha mordido el gato la lengua?

–Algo así.

Ben enterró los dedos bajo su sujetador y con lentitud se lo desabrochó y lo deslizó hasta que cayó al suelo.

–Por fin –gimió ella acercándose para apretar sus senos contra su torso–. Piel contra piel –se frotó contra él adorando su respiración jadeante y casi mareada del calor de su piel–. Me había hecho tan experta en bloquear los recuerdos. Ahora me están asaltando todos.

–A mí también.

Por fin él asió los senos y ella gimió cerrando los ojos y disfrutando del suave frotamiento de sus palmas, de la caricia de sus dedos y por fin de los dulces lametones de su lengua.

–Tan duros y tan suaves –murmuró él contra ella–. Tan perfectos.

–No puedo aguantar un segundo más –gritó ella agarrándole la mano y llevándolo hasta la cama para recibirlo en sus brazos abiertos–. Lléname. Por favor, lléname ahora.

Ben se inclinó hacia ella dejándola que lo abarcara con la mano y apretando los dientes.

–Todavía no, Tigresa.

Ella le maldijo haciéndole sonreír ante la recompensa de su paciencia. Nunca la había visto así, tan necesitada y desesperada. Leslie había sido una amante potente, una compañera igual y el sexo había sido bueno. Pero aquello...

Aquello era magia. Un momento místico y mágico en el tiempo. Un hombre y una mujer vestidos sólo de instinto y necesidad. Sus pezones se pusieron infinitamente duros y sus senos se inflamaron en unas crestas tan firmes que Ben se preguntó si le dolerían. Les arqueó las caderas para recibir su boca cuando viajó por su vientre de nuevo. Él sintió sus manos apretarle la cabeza y oyó como sus gemidos subían de volumen ante cada pasada de su lengua y caricia de sus dedos.

–Justo ahí –dijo ella con voz estrangulada gimiendo mientras él retrocedía un poco para conseguir la explosión final.

Ben paladeó su sabor, su aroma, su necesidad, su increíble respuesta. Se había olvidado de lo expresiva y exigente que era, pero lo recordó todo a la vez mientras volvía al punto que a ella le gustaba y jugueteaba hasta casi hacerla llegar una vez más antes de retroceder entre ásperas palabras que lo acusaban de todo desde atormentador hasta seductor.

Eso le hizo desear conseguirlo todo hasta que por fin lo único que hizo falta fue una caricia más y agradeció profundamente la respuesta sonora de ella.

Ben se deslizó sobre ella antes de que se le pasara. A Leslie le brillaban los ojos y jadeaba. Se apretó contra ella y Les se arqueó con rapidez para recibirlo pero Ben se contuvo deseando hacerlo despacio y memorable. Aplastándole el cuerpo hasta que Les casi no podía moverse, disfrutando de la expresión de descontrol de su cara, avanzó otro centímetro. Ella lo maldijo. Él sonrió. Leslie apretó intentando absorber el resto de él y Ben casi se perdió.

Inclinando la cabeza, la besó sin piedad, empezando a perder él mismo el control cuando ella arqueó las caderas hacia arriba. Embistió con un poco más de fuerza hasta que a ella le empezaron a asaltar los espasmos entrando en los más profundo de ella para seguirla en el dulce olvido interminable e intemporal.

Sus brazos lo tenían aprisionado cuando un largo estremecimiento final sacudió su cuerpo. Debería estar tan lánguida como una hoja y en vez de eso estaba tan dura como el acero.

¿Arrepentida?, se preguntó. ¿Cuando le había pedido cercanía habría sido sólo por lujuria? ¿Por necesidad largo tiempo denegada? ¿Por desesperación? Ahora que parte de la tensión se había evaporado, ¿estaría enfadada consigo misma? ¿O pero aún, con él?

Ben se apartó ligeramente y ella ladeó la cabeza sin dejarle verle la cara.

–¿Qué pasa, Les?

Ella sacudió la cabeza.

–Me estoy imaginando todo tipo de cosas. Sólo dímelo.

–Odio que hayas estado con otras –su voz fue fiera, cargada de celos–. Odio saber que otra mujer haya conocido este tipo de intimidad contigo. Oh, Dios. Lo siento. No sabía lo mucho que dolía hasta este momento. Lo había intentado ignorar aunque sabía que era verdad.

¿Nada podía haberle llegado más dentro. ¿Qué podía decir?

¿Y sería aquello su admisión de que ella también se había acostado con alguien más? Sus palabras acerca de Alex lo asaltaron. Y los celos minaron un poco la confianza en sí mismo.

Rodó de medio lado arrastrándola en sus brazos.

–Lo he estropeado todo, ¿verdad? –comentó ella después de un largo rato.

–No, nos hemos dado permiso para decir y hacer lo que quisiéramos esta noche.

–Tú no has dicho una sola palabra.

–Nada de lo que diga servirá de nada, Les. También dijiste que no deberíamos hablar de lo que ha ido mal aunque quizá deberíamos. Quizá sea lo que más necesitemos.

Le rozó la frente con los labios sintiendo que por fin se relajaba.

–Quizá más tarde –dijo ella en voz baja–. Me gustaría que nos hubiéramos conocido esta noche por primera vez.

Pues Ben se alegraba tanto de que no fuera así. No hubiera tenido el valor de besarla siquiera para despedirla y mucho menos hacerle el amor.

–La historia no se puede cambiar.

Ella suspiró.

–¿Por qué será que los hombres sois siempre tan pragmáticos?

–¿Lo somos?

Sonrió contra su pelo deslizando los dedos por su columna.

–¿No crees que había sido divertido que hubiéramos aparentado ser dos desconocidos esta noche y dejar un reguero de ropa desde el salón hasta la habitación por no poder esperar a saber lo que más desea el otro?

Él ni siquiera tenía que pensar en aquello.

–Me gusta saberlo ya.

–Pero piensa en la aventura de probar algo diferente.

–No creo que haya nada que no hayamos hecho. ¿Y quieres decir que hubieras disfrutado más de lo que lo has hecho? Porque no me lo ha parecido.

–No seas tan prepotente.

–Sólo pragmático.

–Necesito una ducha –dio ella de repente incorporándose.

Ben deslizó la mano bajo su seno y sus pezones se endurecieron.

–¿Quieres compañía?

–Por supues...

Las palabras quedaron suspendidas en el aire cuando él le bajó los hombros y se metió uno de sus pezones en la boca.

–Esto es un prelavado. Puedes esperar un lavado más cuidadoso después de éste.

–Tú también –dijo ella sin aliento.

–Siempre me ha gustado la casa limpia.

Leslie lanzó una carcajada y el corazón se le despertó como a la Bella Durmiente ante el beso del Príncipe.

Quince segundos antes de medianoche, Leslie mordió una enorme fresa que Ben le puso ante la boca. Diez segundos antes de media noche estaban bebiendo el mejor champán que había probado en su vida. Cinco segundos antes de media noche, Leslie cerró los ojos cuando él apretó los labios con suavidad contra los de ella. A media noche exactamente, él profundizó el beso transformando aquel momento en el más mágico de su vida, una unión de almas, un gesto que representaba el matrimonio que habían tenido y la nueva relación que saldría desde aquella noche.

Algo había cambiado de forma dramática en las pasadas horas haciéndola preguntarse qué sucedería en las horas siguientes. Ben se había relajado por completo con ella y Leslie nunca había estado tan relajada, ni siquiera cuando eran adolescentes. Él había sido siempre tan intenso, tan orientado y ambicioso. En aquella época, ella hubiera comentado alguno de sus problemas para verlo enseguida trabajando mentalmente en solucionar alguno de los de él. Con el tiempo, ella había dejado de hablar con él.

Pero esa noche hablaron. Y se escucharon y bromearon. El teléfono no sonó ni una sola vez ni él llamó para revisar nada. Concentró toda su atención en ella.

Y Leslie no sabía como interpretarlo.

La habitación estaba caliente y acogedora. Habían mantenido la chimenea encendida para no necesitar mantas. Leslie lo examinó cuando se tendió sobre las sábanas veinte minutos más tarde tentadoramente desnudo. Ben se había dormido veinte minutos antes pero ella estaba decidida a aprovechar hasta el último segundo. No le importaba que él durmiera. Bueno, quizá le importara un poco, pero no quería perder ni un momento de estar con él.

Sentada de piernas cruzadas con la cabeza apoyada contra el cabecero miró el reloj: las tres de la mañana. No les quedaban muchas horas antes de despedirse. No lloraría. Al menos enfrente de él. Ya había llorado la primera vez que se habían separado, pero ahora había aprendido a disociar sus emociones. Sólo perdía el control en contadas ocasiones, como la noche de la cabaña. Llorar implicaba debilidad y eso se lo había enseñado muy pronto en la vida su padre haciendo que el paso a convertirse en policía le hubiera costado menos.

–Estás tan pensativa que me estás produciendo dolor de cabeza.

Ella sonrió ante la ronca voz de él.

–Pensé que estabas dormido.

Ben rodó de medio lado y apoyó la cabeza en la mano.

–Quizá. Pero no mucho tiempo. ¿Estabas nerviosa?

–No.

Él enarcó las cejas.

–De acuerdo. Un poco.

Leslie se deslizó a lo largo de él antes de frotarle el pelo con los dedos.

–Quiero que esto signifique tanto para ti como para mí.

–¿Y crees que no lo significa, Les? ha sido un regalo increíble.

Tenía razón Se habían desenvuelto el uno al otro como preciosos regalos para compartir y disfrutar una última vez.

Inclinándose hacia él, apretó el labio contra su pecho justo encima de su corazón antes de descender por su cuerpo.

–¿Qué estás haciendo? –preguntó él inspirando con fuerza.

–Un poco de limpieza.

–Ah, bueno. Déjalo bien limpio.

Eso pretendía hacer ella, pero antes tenía que dejar de reírse.

Sentado en el borde de la bañera, Ben contempló cómo se secaba el pelo. Leslie ya estaba vestida. Habían desayunado en la cama, habían hecho el amor por última vez de forma casi violenta y ahora Leslie tenía los pómulos muy salientes, los ojos tan enormes y el aspecto tan frágil como aquella noche en la cabaña.

Ben se apretó el cinturón del albornoz y apartó la vista de ella. La mañana hacía que lo de la noche pareciera a años luz de distancia. Quizá lo que hubiera empezado fuera a ser la mayor complicación de su vida. Demasiado en que pensar, profesional y personalmente. Él era un hombre de decisiones y sin embargo, ahora se sentía atado. Quizá con un poco de tiempo y distancia...

–Supongo que con esto basta –dijo ella enroscando el cordón del secador para guardarlo de nuevo con movimientos bruscos.

–¿A qué hora vuelve Erin a casa?

–No lo sé. Depende de lo que Ashley y ella hayan dormido esta noche. Carly también vuelve hoy.

–¿Se preguntará donde has estado?

–Se imaginará que he estado trabajando.

–Pensé que ya no trabajabas por las noches más.

–Raramente, pero cuando los de noche se ven saturados, tenemos que ayudar. Es día de Año Nuevo, ¿recuerdas? Es una buena noche para maltratar a la mujer después de haber bebido.

Ben puso una mueca de desagrado.

–¿Cómo puedes aguantar eso?

–De forma profesional.

–No lo dudo. ¿Pero cómo puedes mantener la frialdad? A mí me gustaría demostrar a algún salvaje de ésos lo que significa estar al otro lado.

–Créeme, me he sentido tentada muchas veces. Y las víctimas no son siempre mujeres. Es lo de los niños lo más difícil de soportar. Tan inocentes y tan poco merecedores del abuso. Ésos son los casos que no puedo olvidar.

–¿Se hacen progresos, Les? ¿Notáis la diferencia?

–Desde luego. La violencia doméstica ha disminuido el cincuenta por ciento. Eso es un porcentaje enorme. Y los arrestos han aumentado en el diecisiete por ciento. Estamos dando pasos de gigante.

Leslie dio un paso atrás y él la rodeó con sus brazos manteniéndola cerca.

–¿Cómo consigues olvidar lo que ves? ¿Con lo que te enfrentas día a día?

–Puede que suene raro, pero no pienso en las partes horribles. En todo caso, me hace apreciar lo que tenemos. Una bonita casa y comida en la mesa, desde luego. Pero también en los tesoros de mi vida. En la gente. Tú nunca me pusiste una mano encima ni tampoco mi padre. He conocido a muchas mujeres que soñarían con una vida como la mía.

Leslie ladeó la cabeza al mirarlo. Ben se preguntó en qué estaría pensando y comprendió que no quería que se fuera. Le parecía que apenas acababan de empezar.

—Gracias —dijo ella.

—¿Por qué?

—Por preguntarme por mi trabajo. Nunca lo habías hecho antes. Bueno, excepto cuando los disparos.

¿Nunca le había preguntado? Ben la miró asombrado. ¿Habría sido de verdad tan egoísta?

Se levantó con la mano de ella agarrada todavía.

—¿Y qué más no hice?

Ella dio un paso atrás, pero él apretó manteniéndola cerca.

—Vamos a dejar esto, Ben. Ahora no.

—No te propuse en matrimonio.

—No importa.

Ben notó cómo apartaba la mirada.

—¿Qué fue lo que salió mal entre nosotros?

Ella le apretó la mano.

—Acabamos de compartir la mejor noche que puedo recordar. No quiero que esto acabe escarbando en el pasado. Pensé que podíamos avanzar desde aquí.

Ben le soltó la mano y la siguió al salón.

—Creo que hemos guardado silencio demasiado tiempo. Nuestro Divorcio Perfecto eran todo apariencia, Les. Si realmente nos queremos liberar del pasado, debemos solucionar esto hablando. Creo que las cosas se deterioraron demasiado como para que pudiéramos comunicarnos, pero ahora hemos cambiado. Vamos a buscar una solución.

—¿Por qué? —se enfrentó a él—. ¿Qué bien puede salir de esto? Nos hemos distanciado. Los planes que hicimos de adolescentes no funcionaron y no nos adaptamos bien.

–Yo resentía tu trabajo.

–¿Resentir? Lo odiabas.

–Tenía miedo de perderte.

–De todas formas me perdiste.

Puya directa. Ben enderezó la espalda.

–Quiero decir debido a los riesgos de tu profesión.

–Sé lo que quieres decir, pero el resultado es el mismo.

–Luché para conservarte.

–¿Cómo? ¿Ordenándome que me fuera de mi casa para venirme al hotel? ¿Que abandonara nuestro vecindario? ¿Mi trabajo? ¿Nuestra forma de vida?

–Que vinieras a vivir una vida sin luchas. Yo lo hice todo por ti, pero tú no lo quisiste.

–¡Lo hiciste porque era importante para ti! Eras tú el que necesitaba el éxito, no yo. ¡Si hasta te perdiste el cumpleaños de Erin!

–Y tú te perdiste el romántico fin de semana que yo había planeado para reconciliarnos.

–Deberías habérmelo contado en lugar de intentar sorprenderme. No me hubiera ofrecido de voluntaria en aquel turno.

Aquella era la última gota del vaso para él.

–Tú sabías cuáles eran mis sueños, Les.

–Lo sabía y hasta te ayudé a conseguirlos, ¿no? Conseguí un cheque regular para nuestra casa y seguro para todos nosotros.

–Nos las hubiéramos arreglado sin eso.

–¿Es que nunca te ha importado que mi trabajo fuera tan importante para mí como el tuyo para ti? –se dio la vuelta–. No es sólo que esto no nos lleve a ninguna parte sino que está arruinando lo que hemos conseguido la semana pasada. No quiero terminar así, Ben. Por favor, no discutas conmigo ahora.

Tenía razón.

–De acuerdo –dijo con calma–. De acuerdo.

Leslie recogió su bolso, lo abrió y sacó algo, la cadena que él había visto la otra vez. Cerró la palma alrededor del anillo de casada y lo mantuvo así unos segundos antes de darse la vuelta hacia él.

–Anoche ha sido la primera noche que no he usado esto desde que nos casamos. Supongo que una parte de mí siempre esperaba... –se detuvo y tragó saliva–. Sólo esperaba. Te amaba. Te hubiera amado para siempre.

Se metió la cadena por la cabeza y el anillo descansó cerca de su corazón

Entonces se apartó, dio unos pasos atrás y lo miró a los ojos.

–Adiós, Ben.

–Te llamaré mañana. Para hablar de Erin.

–Tienes que decirme adiós también. Es importante.

Él se acercó un poco.

–Adiós, Les.

Leslie se acercó entonces al ascensor y Ben la siguió para marcar el código de acceso. Ella no lo miró ni dijo una sola palabra más ni siquiera cuando entró en el ascensor. Ben se encargó de apretar el botón del garaje.

El acto final del drama de tres años atrás. Ahora el telón había caído por completo. Sin ovaciones ni aplausos. Sólo dos personas abandonando el teatro en direcciones opuestas.

Una oleada de tristeza lo sacudió. La pérdida esa vez punzaba más que otra quizá porque esta vez no hubiera surgido del enfado. Ben bajó las escaleras de su salón y se quedó mirando el resultado de sus esfuerzos y escuchando los ecos de su soledad. Él no había creado una vida para sí mismo. Había creado una existencia. Una fachada.

La puerta principal se abrió antes de que Leslie metiera la llave.

–¡Feliz Año Nuevo!

–¡Carly! ¡Ya has llegado a casa! –Leslie le dio un abrazo a la joven–. ¡Cómo me alegro de que hayas vuelto!

–Yo también. Aunque llevo en casa desde las seis

111

de anoche. La familia regresó un día antes –dio un paso atrás y sonrió–. ¿Y donde ha estado la señora? ¿Desbocada en una noche de sexo salvaje?

Leslie sintió ardor en la cara y se dio la vuelta para cerrar la puerta.

–No sé porqué mis amigos están tan interesados en mi vida sexual.

–¡Oh, Dios! Estaba de broma, ¿no habrás creído lo contrario? De todas formas, ya va siendo hora.

–Yo podría decir lo mismo de ti –Leslie pasó por delante de ella hacia la cocina–. Tú eres joven, bonita y sin compromiso y sin embargo, no te atrae ningún hombre.

Carly la siguió.

–Me estoy reservando para Don Perfecto.

–¿Todavía mantienes la ilusión de que exista? ¿Te apetece un té?

–Gracias, sí. Y por supuesto que creo que existe Don Perfecto. Bueno, ¿cómo fue? ¿Salvaje y maravilloso?

–No pienso contártelo. Consíguete a tu propio hombre y lo sabrás.

–Bueno, pareces contenta o algo así.

–Estoy bien –agarró un par de bolsas de té y se detuvo analizando sus sentimientos–. Estoy bien, de verdad. Todo va a salir bien. Lo presiento.

–¡Eso es estupendo! ¡Ah, casi lo olvidaba! He traído algo para enseñarte –salió corriendo y volvió con una revista–. ¿Has visto eso?

Era la revista *à la carte*. Una foto muy favorecedora a todo color de Ben en la portada muy atractivo con su traje oscuro y la corbata que Erin le había regalado por su cumpleaños. El titular decía: *apasionado, joven y soltero.*

¿Soltero?

–¿Lo sabías?

Leslie alzó la vista de la revista para mirar a Carly que estaba ardiendo de curiosidad.

–Él me lo dijo. Está guapo, ¿verdad?

–Está para morirse.

Leslie frunció el ceño.

–Si fuera mi tipo, por supuesto –corrigió Carly con la velocidad de un político.

–Que no lo es –señaló Leslie.

–Desde luego que no. Bueno... voy a terminar de deshacer el equipaje y podremos cotillear cuando tomemos el té. Me alegro de estar en casa, Leslie. Os he echado de menos a Erin y a ti.

–Al menos ahora tendrás algo de experiencia de lo que significará tu carrera cuando la empieces esta primavera. ¿Qué te pareció?

–Creo que seré una enfermera excelente.

Iba a irse pero se dio la vuelta en el último segundo justo cuando Leslie posó la revista en la encimera.

–¿Ah, Les?

–¿Sí?

–¿Has sabido algo de Sebastian?

–No. Y me siento bastante frustrada. Según Gabe, está haciendo progresos, signifique eso lo que signifique.

Carly asintió.

–Seis meses no es mucho tiempo para recuperarse de ese tipo de lesión. Me hubiera gustado haber pasado mis vacaciones cuidándolo a él en vez de a los ancianos.

La puerta se cerró dejando a Leslie con la foto del hombre más sexy vivo y con sus recuerdos de una noche perfecta.

Capítulo Once

Leslie aparcó en el garaje del hotel, apagó el motor y se quedó sentada debatiéndose consigo misma. Había abandonado aquel edificio dos días atrás, con el cuerpo satisfecho, las emociones revueltas, pero extrañamente en paz. Habían dicho adiós al pasado y habían dado la bienvenida al futuro. No pensaba que fuera a ser fácil, pero estaba segura de que sabría sobrellevarlo.

Debería haber llamado antes de ir...

Volvió a meter la llave decidida. Lo llamaría más tarde para que fuera después de cenar a hablar con Erin.

¿A quién estaba engañando? Quería verlo. Sola. Necesitaba saber que los dos habían sobrevivido al cambio de su relación antes de que Erin notara ninguna tensión entre ellos. Si iban a presentar un frente unido ante su hija necesitaban estar unidos.

Leslie cerró los ojos y se abandonó a los recuerdos de lo bien unidos que habían estado dos noches atrás.

Unos minutos después entró en el despacho de Ben. Él le hizo un gesto para que cerrara la puerta mientras terminaba su conversación telefónica, pero ella se dedicó a curiosear su despacho fijándose en la masculinidad de la decoración. Excepto por unas cuantas cartas sobre la mesa, todo estaba impecable y ordenado. No se había quitado la americana y la corbata y parecía muy cómodo vestido de ejecutivo.

Una llamada en la puerta sonó un instante antes de que la asistente de Ben, Yoshi, entrara en el despacho.

—Salgo a comer. ¿Podría decirle a Ben que la señora Jerome acaba de llamar con un ataque de pánico? Está segura de que alguien ha asaltado su habitación mientras estaba comiendo y cree que pueda seguir en el hotel.

–¿Es la huésped que está todo el día quejándose?

–Está sola. Todos lo entendemos, pero Ben insiste en que la tomemos en serio.

Leslie miró a Ben, que señalaba el teléfono y ponía cara de disculpa.

–¿En qué habitación está?

–En la treinta y dos.

–¿Por qué no subo yo?

Yoshi miró hacia Ben.

–No creo que le importe –dijo Leslie–. Le dejaré una nota de que me busque allí.

En el ascensor, Leslie recordó lo que sabía de la señora Jerome. Ochenta y tantos y viuda desde hacía más de cuarenta años. ¿Habría perdido al amor de su vida y no había vuelto a encontrar otro? Leslie sintió simpatía por la mujer. Sabía exactamente lo que era mirar a otro hombre y saber que nunca se podría comparar.

–¿Quién es? –preguntó la señora Jerome con voz temblorosa.

–La policía, señora.

Siguió un largo silencio antes de que la puerta se abriera unos centímetros y una arrugada cara asomara entre una nube de pelo blanco muy arreglado.

–Inspectora O´Keefe. Me han informado de que ha tenido un atraco –apartó un poco la americana para enseñarle su arma–. Apártese, señora. Lo inspeccionaré todo.

La puerta se abrió por completo y Leslie entró. Con la anciana a sus talones hizo una inspección cuidadosa de la suite.

–No hay nadie, señora.

Sonrojada, la mujer se frotó las manos.

–Han movido mi caja de joyas. La dejé dos centímetros a la derecha.

–¿Falta algo?

–No... no estoy segura. Tenía miedo de mirar –frunció el ceño–. ¿O´Keefe, me ha dicho?

Una llamada en la puerta fue seguida del sonido de inserción de una tarjeta antes de que apareciera Ben. Miró a Leslie con el ceño fruncido.

–Han movido de sitio la caja de joyas de la señora Jerome. Voy a enviar a los de investigación criminal para que tomen huellas.

Leslie lo vio contener una sonrisa mientras abría un ordenador portátil.

–Vamos a comprobar quién ha estado aquí. El ama de llaves ha abierto la puerta a las siete de la mañana. Desayuno, ¿verdad, señora Jerome?

Ella asintió sin mirar a ninguno de los dos.

–Lo mismo de siempre.

–Después a las once y media. Esa es la hora habitual de limpiar sus habitaciones mientras almuerzan en el restaurante. Después, su propia llave ha abierto la puerta hace quince minutos.

–Alguien ha movido mis joyas.

–Tendrá que vaciar la habitación durante unas cuantas horas, señora –dijo Leslie acercándose a ella.

–¿Horas?

–Puedo buscar un sitio para que pase ese tiempo, si quiere.

–Estoy segura de que no es necesario...

–No podemos permitir que se quede aquí, señora si siente que hay algún peligro.

–Bueno, yo...

–En todos los años que llevamos con el hotel abierto, no ha habido un solo delito. Hay fuertes medidas de seguridad, pero estoy seguro de que la inspectora O´Keefe querrá que se sienta completamente segura. Haré los arreglos ahora mismo.

–Bueno. De acuerdo. Supongo.

Ben tomó la mano de la señora Jerome en la suya.

–Llegaremos al fondo de esto, se lo prometo. ¿Por qué no recoge su bolso y su abrigo para irnos?

Ben la acompañó a la habitación, la dejó que recogiera sus cosas y volvió al lado de Leslie.

–¿Qué estás haciendo? –susurró a su oído.

–Le ha encantado la actuación de la inspección.

–Siento habérmela perdido yo.

Ben descolgó el teléfono y asintió después de hacer unas preguntas.

–Estupendo. Hay sesión de bingo para los mayores. Dentro de tres horas estará demasiado ocupada como para sentirse sola. Llevamos tres años intentando que acuda, pero se ha resistido.

–La mayoría de nosotros odiamos las situaciones nuevas porque no podemos controlarlas. Supongo que todo esto de las huellas le servirá de conversación con sus conocidos que quedarán todos fascinados y ella se sentirá como una reina. Bueno, he agotado mi hora del almuerzo. Quería hablar contigo de Erin.

–¿No has comido?

–No, pero...

Ben alzó una mano, hizo una rápida llamada para encargar un sandwich y le hizo un gesto para que continuara.

–Erin vuelve hoy a la escuela. Hemos decidido hablar con ella de la situación. Esperaba que pudieras venir esta noche...

–Pero tendremos que quedar pronto porque salgo para el sur de California esta misma noche. Estaré unos cuantos días, pero no me gustaría retrasarlo. Llámame cuando salgas del trabajo y me reuniré contigo en casa.

–Te tengo que advertir que lleva unos días muy quisquillosa.

–Entonces quizá sea mejor que lo dejemos para mi vuelta. Darle un poco más de tiempo sin que nos vea juntos –Leslie se encogió de hombros–. ¿Has venido hasta aquí solo para pedirme que me pasara?

–Estaba en el vecindario haciendo un informe. Era mi descanso para almorzar.

–¿Y?

Leslie se dio al vuelta con los brazos cruzados.

–Y quería verte a solas antes. Para asegurarme de que todo estaba bien entre nosotros.

–¿Cómo te sientes con respecto a nosotros?

–Bien. ¡Ah! Vi el artículo tuyo en la revista. Era un artículo estupendo, Ben. ¿Crees que eso ayudará al negocio?

–Ya ha ayudado mucho –vaciló un poco–. ¿Ves ese montón de cartas en el suelo? La mayoría son cartas de mujeres. Y algunas con fotos.

Leslie clavó la mirada en él.

–¿De mujeres desnudas?

–Algunas sí.

–¿Cartas obscenas?

–Algunas también.

–¿Puedo verlas?

–Yoshi ha puesto una goma a las más... interesantes de todas.

Mientras Leslie pasaba las fotos, llegó el almuerzo. Alzó una foto y la estudió pensativa.

–Implantes.

Ben se sentó a su lado en el sofá y miró por encima de sus hombros.

–Y ésta también –dijo ella pasándole otra.

Él la miró y la dejó en el suelo.

–Un chico.

–¿Un chico? –le quitó la foto de la mano–. ¿Eso es un chico?

–Lo conozco porque lo arresté hace unos años. Me dijo que ya estaba llegando a la edad en que debería maquillarme. ¿Qué vas a hacer con ellas?

–Todavía no lo he decidido.

–¿Te excitan?

–¿Eso?

Leslie señaló la pila de cartas.

Esta atención. Estas fotos. Las cartas tan gráficas ofreciéndose como postre ardiente.

–No me excita. Tampoco me disgusta exactamente. Creo que me sorprende. Quiero decir que no me conocen de nada salvo de un artículo. ¿Hay tantas mujeres desesperadas por el mundo?

–Eso parece –Leslie se levantó de forma brusca–. Será mejor que vuelva al trabajo. Gracias por el almuerzo.

Ben la siguió. Cuando Les puso la mano en el pomo, le vio empujar la puerta con la mano. Entonces susurró su nombre con una suavidad dolorosa.

A ella se le desbocó el corazón.

–Date la vuelta.

Leslie lo hizo y se encontró enmarcada por sus fuertes brazos

–¿Quieres saber lo que me excita? –preguntó agachándose un poco.

Su boca descendió hacia la de ella y el beso le arrancó un gemido.

–Tú –susurró entre besos–. Tú me excitas.

La besó de nuevo con tanta lentitud que ella se derritió.

–Si siempre hubiera hecho lo que debía, no estaría donde estoy hoy –dijo Ben cuando alzó la cabeza con los brazos alrededor de ella y la fuerza de su deseo calentándole el abdomen.

Leslie oyó cerrar con llave. Se miraron el uno al otro durante unos largos diez segundos, entonces ella dejó caer la bolsa del almuerzo, enroscó los brazos alrededor de su cuello y le bajó la cabeza exigente y apasionada al mismo tiempo.

La cazadora de Leslie fue retirada, los botones de su blusa desabrochados, y la pistolera tirada a una esquina sin ninguna delicadeza. Su camiseta fue arrancada por la cabeza y tirada a sus espaldas. Entonces su boca estuvo allí, lamiendo paladeando y frotando mientras ella arqueaba la espalda con los pezones erizados deseando más.

Ben le dijo cosas que nunca había dicho, acerca de cómo sentía sus pezones en la boca, acerca de su aroma que era capaz de excitarlo al instante.

Entonces él se desvistió en un instante. Cuando estuvo desnudo, le quitó el cinturón y la desnudó del todo mirándola con una admiración halagadora.

–¿Podrías ponerte un vestido aunque fuera una sola vez en tu vida?

Leslie lanzó una carcajada y él paró su risa con la boca mientras la empujaba contra la fría puerta.

Ella se quedó sin aliento cuando la alzó, y la penetró con todas sus fuerzas ayudándola a moverse hasta que explotó. Su boca poseyó la de ella ahogando su grito. El gemido de Ben acompañó a diferentes embates de sus caderas infinitamente satisfactorios en su intensidad y su necesidad de ella. Nunca le había hecho el amor así antes y Leslie se sintió como una diosa.

Sus movimientos se apaciguaron y sus jadeos resonaron en la silenciosa habitación. La bajó entonces con cuidado y la atrajo hacia si abrazándola con fuerza.

Leslie apoyó la cabeza en su hombro apreciando el raro regalo de hacerla sentirse más femenina que nadie.

–La noche que pasamos juntos debería haber cambiado las cosas.

Ben le frotó la mejilla.

–Yo creo que esto es un cambio.

–No era exactamente lo que yo tenía en mente.

–Pues no te he visto quejarte.

–Estoy demasiado confusa como para quejarme.

–Ya somos dos.

Ben se apartó dejándola más espacio. Se sonrieron el uno al otro antes de recoger su ropa y vestirse sin dejar de mirarse.

Cuando estuvieron vestidos, Ben le frotó los brazos.

–Llámame cuando te vayas de comisaría, ¿de acuerdo? Quiero ver a Erin antes de irme aunque no le vayamos a decir nada esta noche. Te dejo a ti la decisión, Les. Yo secundaré la que tomes.

¿Qué querría decir? ¿Habría alguna oportunidad para ellos? Porque ella no creía poder soportar otra separación de él.

–Tenemos que tener cuidado.

Leslie estaba pensando en su hija, en el corazón, el alma y la cordura.

–Sí.

Ella le miró al cuello, donde el cuello inmaculado de la camisa blanca contrastaba con su piel morena.

–Tengo que preguntarte una cosa.

–Pregunta.

El corazón se le aceleró. No sabía si le gustaría su respuesta.

–Les. Mírame a los ojos y pregunta.

Ella alzó la barbilla y lo miró a los ojos.

–¿Dónde dormiste la noche en que te fuiste de casa?

–¿La noche en que nos separamos?

–Sí.

–En casa de Sebastian.

A Leslie se le debilitaron las rodillas.

–¿Por qué? ¿Dónde creías que había ido?

–No lo sabía. Tenía miedo de preguntar. Pensaba... pensaba...

–¿Que me había ido con otra mujer?

–Llevábamos distanciados mucho tiempo. Tenía miedo de que hubieras encontrado...

–¿Crees que podría irme tan rápidamente de tu cama a la de otra mujer? –preguntó con tono dolido–. ¿Piensas que te engañaría? Dios mío –se apartó de ella y se pasó la mano por el pelo–. Nunca. Nunca te he engañado. ¿Has creído eso todo este tiempo?

–Sebastian no me dijo una sola palabra. A la noche siguiente te viniste al hotel, pero siempre me lo he preguntado.

–Le pedí a Sebastian que no dijera nada, pero me refería a Gabe y a Chase, no a ti.

–De acuerdo –susurró ella—. De acuerdo.

–Ni siquiera hablé con él. Me quedé en la habitación. Supongo que sólo necesitaba saber que tenía a un amigo cerca. Al fin y al cabo tú tenías a Erin. Yo no tenía a nadie.

Aquella noche había estado cargada de tanta desesperación y tanta sensación de pérdida que Leslie pensó que no sobreviviría. Se habían separado con feas palabras. Ella había creído que la odiaba.

–Lo siento tanto...

–Ya lo sé, Les. Yo también –le acarició la cara con

suavidad y la besó con una ternura infinita–. Te veré esta noche.

Ella esbozó la mejor sonrisa que pudo.

–¿Es que esperas al jefe, Les? No habías tenido tan ordenada la mesa desde tu primera semana en la unidad.

–¿Estás celoso, Mack? –sonrió con suavidad a su compañero y levantó la papelera para limpiar el polvo bajo ella.

Con media hora sólo para terminar, estaba demasiado nerviosa como para leer informes, así que había limpiado, ordenado y archivado, algo que llevaba semanas pensando hacer.

–Cuando mi mujer se puso tan frenética a limpiar el nido, era porque estaba embarazada. No tendrás un huevo en el horno, ¿verdad? Tiene que haber alguna razón para el cambio.

–Resoluciones de Año Nuevo.

Al ver su inmaculado escritorio se frotó las manos con satisfacción.

–Pues a mí me parece que estás nerviosa por algo –miró por encima de Leslie–. Dios, Gillespie. ¿Te envía flores la prensa?

Leslie se dio la vuelta para ver a Fran Gillespie avanzando hacia ellos. Fran había despertado mucho interés en la prensa la ser la primera mujer inspectora de homicidios de la policía de San Francisco.

–Ya me lo has estropeado –dijo Fran posando el jarrón en la mesa de Leslie. Alguien ha sido una buena chica. Una muy buena chica. Tulipanes en enero, Les. Deben ser de un hombre que desea sacar los dólares del monedero.

–¿Me estás llamando a mí tacaño?

Leslie rodeó los tulipanes con la mano y el corazón se le caldeó. Sacó la tarjeta del sobre y se alegró de que la hubiera escrito él mismo.

Les, gracias por ayudar a la señora Jerome a encontrar nuevos amigos. Vuelve mañana. Ah, la florista dice que estos tulipanes significan amor eterno.

Ben nunca le había enviado flores antes diciendo que era malgastar el dinero que costaba tanto conseguir en algo tan efímero. No era romántico y ella había intentado aceptarlo hacía tiempo.

Sin embargo, aquél era un gesto completamente romántico, hasta el punto de molestarse en aprender lo que significaban las flores. Se llevó la tarjeta a los labios.

–Bueno, ¿quién es el hombre misterioso? –preguntó Mack.

Leslie guardó la tarjeta.

–No lo conoces.

–¿Y le has investigado? En estos tiempos una persona soltera tiene que tener mucho cuidado.

–Tengo cuidado.

–Y también eres evasiva.

Agarró la taza y se fue mientras Fran se apoyaba en la mesa de Leslie.

–¿Cómo te van las cosas? ¿Ha dejado de acosarte la prensa?

–Algunos. Ya sé que fue una gran noticia, pero han pasado bastantes meses desde mi designación. La atención me está poniendo de los nervios –pasó un dedo por un tulipán–. No puedo recordar la última vez que alguien me mandó flores.

–Para mí también es una novedad. ¿Cómo es que las has traído tú?

–Porque pasaba por el recibidor y cuando oí tu nombre me ofrecí a traértelas.

–¿Le diste propina al mozo? ¿Cuánto te debo?

–¿Un par de dólares, pero aceptaré cierta información a cambio –sacó una revista del maletín y se la pasó a Leslie–. Esperaba que este tipo O'Keefe fuera familiar tuyo. ¿Hermano, primo o algo?

Leslie se cruzó de brazos y se reclinó contra el respaldo. Era la séptima vez ese día que le preguntaban por Ben.

–¿Por qué me lo preguntas?

–Por ninguna razón especial. No es sólo atractivo, sino que ha alcanzado el éxito y encima cocina. ¿Qué mujer no estaría interesada en un precio como ése? –suspiró–. No me importaría que me llevara el desayuno a la cama cuando quisiera.

–Es mi ex marido.

–¿Estás de broma? –dio la vuelta a la revista para mirarlo de nuevo–. ¿Y qué tenía de malo?

–Gracias por el cumplido, supongo –desvió la mirada hacia los tulipanes–. Supongo que ahora que lo pienso, no tenía nada de malo.

–Presiento que no tienes interés en presentármelo.

–Gracias a esos presentimientos eres tan buena detective, Fran –recogió el bolso, sacó dos dólares y se los dio–. ¿Quieres que te lleve en coche?

–No, gracias –posó la mano en el brazo de Leslie para detenerla–. ¿Por qué le dejaste irse?

Esa era la pregunta del día.

–No es tan simple.

–Supongo que no. Bueno, yo lo he intentado.

Se despidió y salió tarareando.

Leslie se colgó el bolso pero no se levantó. ¿Lo habría dejado irse ella? ¿O había luchado demasiado acorralándolo cuando debería haber buscado otra solución? Excepto por algunos fines de semana en la cabaña, ellos nunca habían tenido unas vacaciones de verdad juntos. Ben sólo se lo había pedido una vez.

Se quedó mirando al suelo. ¿Había sido culpa de ella? Sabía que había dejado de hablar con él del trabajo y había aprendido a enterrar sus reacciones de lo que veía en su profesión, ¿pero le habría cerrado tanto como para que no pudiera confiar en ella?

Ella misma había aprendido más de su negocio el día de Año Nuevo que en todos los años que llevaban casados. Y él le había preguntado por su trabajo por primera vez.

Acarició un pétalo antes de marcar el número privado de Ben.

–Ya salgo de comisaría.

–Bien. Nos veremos pronto.

–¿Ben? Gracias por los tulipanes. Son preciosos.

–Decidí mandártelos al despacho para que no te hicieran preguntas en casa.

–Se suponía que debíamos despedirnos.

Hubo una larga pausa.

–Creo que tenemos algo que merece la pena explorar, Les.

Ella cerró los ojos.

–También podríamos acabar haciéndonos más daño incluso que antes.

–No creo que eso sea posible.

–¿Pero y si te equivocaras? –susurró ella.

–¿No podemos al menos intentarlo? Aparte de todo, tenemos que pensar en Erin.

¿Cómo podría decirle que lo amaba? ¿Que nunca había dejado de amarlo? Ella tenía mucho más que perder que él porque por fin lo había aceptado todo. Tenía que pensar en las consecuencias antes.

–Ya hablaremos de ello –dijo por fin.

Después de colgar, agarró un tulipán y se dirigió a su hogar, con su familia.

Capítulo Doce

La tranquilidad doméstica no fue lo que encontró Ben cuando Carly le abrió la puerta con cara de disculpa y se retiró con rapidez a la cocina.

–Te dije lo que había ocurrido –le estaba diciendo Les a Erin que estaba con los brazos cruzados y gesto hosco–. No te he ocultado nada

–¿Y por qué todo el mundo dice que eres una cobarde? ¿Que dispararon a un policía porque tú no apretaste el gatillo?

–No disparé porque había un niño en mi campo de tiro. Ya te lo había explicado, cariño.

–Tú me contaste tu versión.

–Ya es suficiente –interino Ben acercándose al lado de Leslie–. ¿Estás acusando a tu madre de haberte mentido? Sabes que no lo ha hecho nunca.

–Ha oído rumores –le explicó Les–. Un par de chicos de la escuela tienen padres en el cuerpo. Y han hablado.

Ben abarcó los hombros de Erin.

–¿Te están haciendo pasar un mal rato los chicos?

A Erin se le empañaron los ojos de lágrimas al instante.

–Me llaman gallinita.

Ben la abrazó.

–¿Y qué les dices tú?

–Nada.

–¿Por qué no?

–¡Porque nadie me deja! –sollozó contra su pecho.

Ben le acarició el pelo.

–¿Y son tus amigos?

–Un par de ellos sí.

–¿Puedes llamarlos de verdad amigos, Erin, si son malos contigo?

Ella se apartó de él.

–Los mayores siempre decís eso. ¡Tú no lo entiendes! Quiero caerles bien y ahora no les caigo. Casi nadie sabía que mamá era policía y ahora lo sabe todo el mundo.

Entonces salió corriendo de la habitación.

Cuando Ben iba a seguirla, Leslie lo detuvo.

–Espera. Dale unos minutos para que piense lo que le ha dicho.

Hizo un gesto para que se sentara.

–¿Por qué crees que mantuvo en secreto lo de tu trabajo? –preguntó Ben.

–Probablemente por la misma razón que yo no contaba lo del mío. Los niños se ponen raros con esas cosas.

–Después de lo que me contaste del episodio de los disparos, he estado pensando en lo que dijiste y en lo que no dijiste. Aquella noche no estabas llorando porque hubieran disparado a tu compañero sino porque no estabas segura de qué te había paralizado. Te estabas cuestionando a ti misma. Tu capacidad.

–Por supuesto. Lo haría cualquiera. ¡Ser policía es lo único en lo que soy buena!

Ben le pasó una mano por el hombro.

–También has sido una madre estupenda.

Ella se relajó un poco pero no dijo nada.

–Erin ha captado tus dudas, Leslie. Eso es lo que creo. Ella te entiende muy bien y si ha detectado la mínima sombra de duda...

–No lo recuerdo –admitió ella por fin apoyando la frente en las manos–. El informe dice que el niño estaba allí, pero yo no lo recuerdo.

–¿Y es eso raro?

–No –alzó la cabeza–. En un tiroteo puedes disparar tu arma y no escuchar ni un solo disparo. La respuesta humana la cancelamos con el entrenamiento. Eso nos da más control.

–¿Y por qué no crees lo que dice el informe?

–No es que no lo crea, pero me preocupa.

–¿O sea que dudas de ti misma? ¿De tu capacidad como policía?

–Sí –susurró ella con apenas un hililo de voz.

–¿Crees que eres la única que duda, Les? Quizá mis decisiones no sean de vida o muerte, pero no siempre estoy seguro de haber hecho lo correcto. La duda evita que nos hagamos demasiado complacientes. La próxima vez que estés en una situación similar, verás y recordarás más que nadie de los presentes.

–Pero Mack salió herido. Podrían haberlo matado.

–Pero no lo mataron. Y por lo que me contaste, tú no podrías haberlo evitado.

Después de un minuto en silencio, Les asintió.

–Entonces deja de castigarte a ti misma. Cree en ti misma y Erin también lo hará.

Ella le dirigió una mirada interrogante.

–¿Cuándo te has hecho tan psicólogo?

–Siempre he entendido bien la naturaleza humana –se estiró hasta rozarle el cuello–. Quizá sólo sea a ti a quien no he entendido.

–Quizá nos haya pasado a los dos. ¿Has pensado en lo que te dije antes? ¿Quieres ver a donde nos conduce esto?

–Me da miedo.

Él le agarró el cuello para atraerla hacia sí.

–¿Dónde está la Tigresa que pasó la noche conmigo? –le susurró al oído atento a la aparición de Carly o Erin.

–Esa tigresa estaba ronroneando y tú quieres que ruja.

–Esa tigresa también sabe arañar y morder. Y correr algún riesgo.

–Correr algún riesgo en la cama es una cosa y otra muy diferente restablecer una relación. Y como tú mismo has dicho, en el sexo siempre nos ha ido bien.

–Pero no tan bien como la otra noche. O esta tarde.

–Quizá.

–Estabas salvaje –le susurró al oído produciéndole un escalofrío.

–Me volviste loca.

Ben retrocedió porque ya estaba notando la respuesta de su propio cuerpo y aquél no era ni el sitio ni el momento.

–No es un mal sitio para empezar, Les.

Erin entró en se momento en la habitación y se quedó en el umbral de la puerta.

–Lo siento, mamá.

–¡Oh, cariño! –Leslie se levantó para darle un fuerte abrazo–. Siento que se hayan metido contigo.

–Podré soportarlo. Papá tiene razón. Mis mejores amigos sí me han hecho caso.

–¿Y Tyler?

–Hemos roto.

Erin se zafó de los brazos de su madre.

–¿Y por qué?

–Porque quería que estuviera con él en todas las comidas y los recreos. Y yo no podía hacer eso.

–La cena está lista –anunció Carly desde la puerta de la cocina –¿Pongo un cubierto para ti, Ben?

–Tengo que irme de viaje. Ven aquí, cariño –abrazó a su hija–. Estaré fuera unos cuantos días, pero te llamaré y le dejaré a tu madre el teléfono por si necesitas hablar conmigo.

–Siento haber gritado.

–No te preocupes –Erin salió corriendo hacia la cocina–. ¿Me acompañas al coche, Les? Así te daré el número de teléfono.

Ben mantuvo la puerta abierta para ella, apagó la luz del porche y cerró tras ellos. Sacando un pedazo de papel del bolsillo, se lo metió por el escote.

–Mi número de teléfono –dijo curvando la palma de la mano sobre su seno, halagado de lo rápido que se le endureció el pezón.

Leslie ladeó la cabeza hacia atrás y él fundió su boca con la de ella ahogando el pequeño gemido que se formó en su garganta.

–Te darás cuenta de que salimos juntos, ¿verdad? –murmuró ella cuando Ben deslizó los labios por su cuello.

–¿Por qué?

–Porque estamos pasando juntos los recreos y los almuerzos.

Ben alzó la cabeza y sonrió.

–Te deseo –susurró ella con fiereza–, pero no voy a volver a acostarme contigo, Ben. Si vamos a hacer un intento sincero, no podemos hacerlo. Esa parte funciona tan bien que podría confundirnos con el resto.

–De acuerdo.

Ella lanzó un suspiro.

–¡Tampoco hace falta que suenes tan animado!

Ben lanzó una carcajada.

–¿Quieres que te llame cuando llegue a Los Ángeles?

–Cuando estés instalado.

Leslie le observó irse tan ansiosa como una adolescente después de su primera cita. Se sacó el papel del escote y volvió a la casa. Cuando abrió la puerta se encontró con Carly, que la señalaba con el dedo.

–Era Ben con el que pasaste la noche.

–Sss. ¿Y qué?

–¡Oh, me muero de ganas de ver la reacción de Chase y de Gabe!

Leslie se inclinó hacia ella.

–Sólo recuerda que debería haberte arrestado por vagancia, Carly Madison. Y eras una de las personas más beligerantes que he conocido. En vez de eso, te di una casa.

Ella no pareció preocupada en absoluto.

–¿Vas a guardar el secreto ante tus amigos?

–De momento sí. Prométeme que no dirás nada.

Ella se cruzó los dedos sobre el corazón.

–Sin embargo, estás radiante, Les. Gabe lo notará sólo con mirarte.

–Entonces tendré que evitarle, ¿no te parece?

–¡La cena se está enfriando! –gritó Erin.

Leslie ignoró el remolino de emociones que se debatían dentro de ella hasta que se fue a la cama, se cruzó los brazos por detrás de la cabeza y se quedó mirando al techo. Deseaba resucitar la relación, tener una familia, cenar juntos, viajar los fines de semana...

Y sobre todo, quería un bebé.

Entonces sonó el teléfono sobresaltándola.

—¿Estás en la cama? –preguntó Ben.

Ella cerró los ojos.

—Estaba sólo echada. Ni siquiera me he desvestido.

—¿Cómo está Erin?

—Mucho mejor. Tuvimos una larga conversación después de la cena. Me preguntó por ti. Por nosotros.

—¿Y qué le has dicho?

—He cambiado de tema. No creo que soportara una nueva decepción, Ben. Pensé que por fin todo estaba controlado y ahora es todo un desastre.

Ben se quedó en silencio un momento.

—Las cosas no están tan mal, Les. No digo que no haya problemas entre nosotros, pero no creo que sean insuperables. Pero necesito saber una cosa: ¿Qué querías decir con lo de que Alex y tú habíais llegado a un entendimiento?

Si quería un nuevo comienzo, debía ser sincera.

—Le dije a Alex que quería que sólo fuéramos amigos.

—¿Y lo aceptó?

—Supongo que ya lo esperaba. Decidimos que si necesitábamos salir por alguna razón, podríamos llamarnos.

—¿Por qué no te acostaste con él, Leslie?

A regañadientes, pero con honestidad, Les le dijo la verdad:

—No podía acostarme con él porque mis senos no se erizaban de desear su boca allí. Porque no me vuelvo loca de necesidad de tenerlo dentro de mí. No tengo sistema de comparar, pero sé que tú eres diferente. Nunca he deseado despojarle de la ropa como siempre deseo hacerte a ti y tocarte por todas partes. Darte placer. Mirar tu cara cuando alcanzas el clímax. Pareces tan fiero... tan fuerte. Adoro lo que puedo hacer contigo.

Les lo escuchó jadear. ¿Y qué había de las otras mujeres con la que él había estado? deseó preguntar. Pero no, no quería saberlo en ese momento.

131

–Si sigues diciéndome cosas como ésas, Les, no podré cumplir nuestro acuerdo.

–¿Nuestro acuerdo?

–Lo de no acostarnos hasta que sepamos a donde nos encaminamos. Crees que unos cuantos cientos de kilómetros es una distancia segura, pero si sigues seduciéndome de esa manera, tendrás que saber que tiene un efecto acumulativo... y consecuencias. Te llamaré todas las noches. Y hablaremos de verdad porque es lo que necesitamos. Pero este sexo telefónico tiene que detenerse ahora mismo.

–De acuerdo. No volveré a seducirte de esa manera.

–Sedúceme todo lo que quieras, Tigresa. Sólo recuerda que soy humano.

Ella sonrió ante el apodo.

–Buenas noches. Sueña conmigo.

Capítulo Trece

Ben estuvo fuera una semana. Leslie marcaba el calendario con una x cada noche que llamaba. Hablaron durante horas, recuperando los años separados, de sueños, decepciones, de la vida. Y en el fondo siempre había una tristeza por el daño que se habían causado el uno al otro y a su hija, por la pérdida de su amistad y el hecho de que no hubieran dejado el orgullo a un lado para haber hablado con sinceridad antes.

El día en que se suponía que volvía Ben, Les se despertó antes de que sonara la alarma. Ansiosa por empezar el día, apagó el despertador antes de que sonara y justo cuando acababa de ponerse la bata sonó el teléfono.

—¿Estás despierta?

—Apenas —enroscó los pies y se apoyó contra el cabecero adorando el sonido de su voz.

—Ya sé que es tu día libre. No estaba seguro de llamarte tan pronto.

—Me gusta acompañar a Erin al colegio.

—Me gustaría poder llegar para recogerla, pero mi avión no aterriza hasta las cinco de la tare.

—¿Te gustaría venir a cenar a casa o tienes que pasar por el hotel antes?

—Los negocios pueden esperar. Me gustaría ir a cenar, Les.

Las lágrimas le empañaron los ojos ante la ternura de su voz. Tenía el estómago en un puño. Demasiada tensión. Demasiadas cosas en juego.

—Tengo miedo de verte —admitió.

—Yo también. Ni tampoco sé cómo voy a poder mantener las manos alejadas de ti.

Leslie se había comprado un sujetador y una bragas estampadas de tigre sabiendo que no podría mantener la promesa de no acostarse juntos. Habían pasado cada día seduciéndose con recuerdos explícitos e imaginando nuevas fantasías. Inspiró con fuerza.

–Después de que Erin se acueste iré a tu ático contigo si quieres.

–¿Crees que podrás convencerla de que las siete y media es su nueva hora de ir a la cama?

Ella sonrió.

–No podré quedarme toda la noche.

–Haremos que parezca toda la noche.

–¿Ben?

–¿Qué?

–Aquí hay algo más que sexo, ¿verdad?

–Mucho más.

–De acuerdo. Hasta la tarde.

Esa tarde, Leslie cerró la puerta del coche y se apoyó contra ella justo cuando sonó el timbre de la escuela.

Erin apareció con su nuevo jersey rojo tan brillante como su sonrisa. A cada lado llevaba a una amiga sonriente, los hombros rozándose y cuchicheando. Al cruzar la verja, Leslie se apartó del coche.

Por el rabillo del ojo vio a un hombre acercarse a las niñas y decir algo. Frunció el ceño.

Erin dio un paso atrás con pánico en los ojos. Leslie ya estaba corriendo cuando su hija gritó:

–¡Mamá!

El hombre se dio la vuelta.

Ella aceleró el paso.

–¡Deténgase! ¡Policía!

Él salió disparado y Leslie lo siguió. Cada vez más cerca. Entonces...

El individuo se detuvo con brusquedad y con sus brazos gordezuelos la agarró por las solapas de la chaqueta y la tiró contra un coche aparcado antes de salir corriendo de nuevo. La cadera le golpeó contra la manilla con tal fuerza que Leslie vio las estrellas.

Oyó entonces a Erin gritar y oyó pasos a su alrededor. Alzó la cabeza intentando enfocar la vista. Unas manos la asieron por los hombros sujetándola y alguien gritó su nombre.

–¿Ben?

–¡Siéntate, Les! ¡Por Dios bendito, siéntate!

–Estoy bien –Dios, cómo le dolía–. Estoy bien. Tú persíguelo. No dejes que se escape. Erin...

Con la visión teñida de rojo, Ben salió corriendo. Se lanzó contra el hombre al que reconoció por el dibujo de la policía, el hombre que había zarandeado a Leslie como una muñeca de trapo. Cayendo sobre él como una manta, lo tiró al suelo. Los dos hombres forcejearon, gruñeron y jadearon. Los niños gritaban a su alrededor. Ben plantó la rodilla en la espalda del hombre y le retorció el brazo inmovilizándolo y disfrutando de sus gritos.

–Si te metes con mi familia, te metes conmigo –le dijo Ben al oído–. Y no querrás meterte conmigo.

Ante su vista aparecieron unas esposas y un uniforme azul. Entonces escuchó una voz familiar.

–Muévete, Ben. Deja que le ponga las esposas.

Jadeando, Ben ladeó la cabeza hacia el padre de Leslie, Hugh Sullivan, que se puso al cargo. Ben se dio la vuelta justo a tiempo de ver a Leslie desplomarse al suelo.

–¡Les!

–¡Mamá!

Leslie no se movió.

Corriendo a su lado, Ben se arrodilló.

–¡Llama a una ambulancia! –le gritó a Hugh que ya estaba metiendo el individuo en el coche patrulla.

Erin se acercó a ellos con los ojos como platos y sus amigos pegados a ella como lapas.

–Se va a poner bien, cariño –dijo él antes de devolver la atención hacia Leslie.

–Les –susurró con un nudo en la garganta.

Deslizó los dedos por su cuello para palparle el pulso

y vio el huevo que se había hecho en la cabeza al acercarse. Al encontrar su pulso firme y regular, lanzó un suspiro debatiéndose con la realidad de su trabajo. Un trabajo que había creído llegar a entender. Pero no era verdad. Lo odiaba tanto como siempre.

Pero eso no importaba ahora.

Le apartó el pelo de la cara.

–Despierta, Tigresa.

–Tú cuida de tu hija que yo cuidaré de la mía –ordenó Hugh arrodillándose al otro lado de Leslie.

Leslie agarró la tela del uniforme de enfermera de Carly y la atrajo hacia sí.

–Si... si no me das algo para el dolor ahora mismo te voy a ...

–¿A qué? ¿A dispararme? –Carly se sentó en un taburete al lado de Leslie en la sala de urgencias–. Como ya te he explicado, Leslie, tenemos que saber algunos datos antes de darte ninguna medicación.

–¿Cómo está Erin?

–Por quinta vez te digo que está bien. Ella y Ben están en la sala de espera y tu padre paseando como un poseso por el pasillo –apuntó el historial con el bolígrafo–. ¿Alguna alergia?

Leslie suspiró.

–No.

–¿Alguna otra medicación?

–La píldora anticonceptiva.

–¿De verdad? ¿Desde cuándo?

–¿Viene esa pregunta en el cuestionario?

Carly sonrió.

–Es sólo curiosidad.

–Ha sido mi día de la suerte encontrarte a ti de guardia, ¿verdad? ¿Por qué no actúas como si no me conocieras?

–Bien. ¿Estás embarazada?

–No.

–Probablemente tendremos que hacerte radiografías de la cadera. Leslie. Tienes que estar segura.

136

–Estoy tomando la píldora, ¿de acuerdo?

–¿Desde cuándo?

–Desde hace unas ocho semanas.

–¿Cuándo has tenido el último período?

–Hace tres días.

–¿Empezó hace tres días?

–Empezó y terminó. Por eso me encanta tomar la píldora.

Cerró los ojos y sonrió.

–¿Estás diciendo que se acabó en un solo día?

–Fue muy suave. La semana anterior también manché un poco.

–¿Y el mes anterior? ¿Tuviste el período normal?

–Eso creo.

–Esto es importante, Leslie. Aparte del día de Nochevieja, ¿te has acostado alguna otra vez?

–Eso no es asunto tuyo.

La cadera le volvía loca de dolor.

–Ya te he explicado por qué sí es asunto mío.

–Me acosté con Ben el día de Navidad y el de Año Nuevo. Aparte de eso, no me he acostado con ningún otro hombre. ¿Satisfecha?

Carly le dio una palmada en el hombro.

–Le diré a tu familia que pase mientras viene el doctor.

–¡Mamá!

Erin entró como una tromba en la habitación en cuanto Carly desapareció.

Ben apareció detrás de Hugh pero pudo ver por encima de su hombro cómo Leslie parpadeaba cuando Erin casi se tiró encima de ella.

–¿Estás bien, cariño?

–A mí no me ha pasado nada, mamá ¿Y tú? ¿Te vas a poner bien?

–Claro. La sala de urgencias está tan atareada que el doctor todavía no ha podido examinarme. Así que no debe ser grave, ¿no crees?

Les miró a Ben con una sonrisa débil.

–Nos has dado un susto de muerte, Les.

–Lo siento –lo miró fijamente un minuto antes de mirar a su padre–. ¿Cuáles son los rumores?

–Se llama Moose Landry.

–¿Moose?

–Trabaja para Construcciones Grimes.

–¡Lo sabía! Sabía que estaba tras Sebastian –apretó la mano de su hija–. ¿Qué fue lo que te dijo?

–Que era amigo del tío Sebastian y que lo estaba buscando. Y dijo que os conocía a papá y a ti también. Me pareció un tipo malo. No me gustó.

–¿No estaba intentando secuestrar a Erin?

–Nunca ha sido su intención. No le puso las manos encima –contestó Hugh–. Ni la amenazó.

–¿De qué lo han acusado entonces?

–De merodear alrededor de una escuela y asalto a un oficial de policía. Probablemente lo soltarán bajo fianza antes de la cena.

En ese momento entró un joven con bata blanca silbando.

–Necesito hacerle un análisis de sangre.

–¿Por qué?

–Órdenes del doctor.

–Tienes que dejarle trabajar, Erin –dijo su padre.

–Puede quedarse. A menos que le asuste. ¿Te asusta?

–No creo.

–Entonces acércate más.

Ben observó la fascinación en la cara de su hija antes de mirar a la pálida cara de Les.

–Tengo que agradecerte en que lo inmovilizaras, Ben –dijo Leslie.

–Hugh estaba detrás de mí. No creo que ese Moose hubiera ido muy lejos.

–Volviste pronto.

«No podía esperar a verte».

–Conseguí pillar un vuelo anterior y decidí sorprender a Erin a la salida de la escuela. ¿Cómo tienes la cadera?

–Dolorida.

138

—¿Y la cabeza?

—Lo mismo.

Leslie intentó esbozar una sonrisa sin dejar de mirarlo, como si esperara a que dijera algo. Pero la esperanza había muerto en Ben en cuanto la había visto inconsciente en el suelo. Frunciendo el ceño, se dio la vuelta hacia su padre.

—Llegaste allí muy rápido, papá.

—Porque siempre está allí –dijo Erin sonriendo a su abuelo–. Bueno, casi siempre.

—Intento darme una vuelta a la salida de la escuela.

—Es nuestro secreto –dijo Erin.

—Era nuestro secreto, enana. Me llamaste abuelo enfrente de todo el mundo.

A Ben le sorprendieron y agradaron los actos de Hugh. Uno de los mayores daños de Les había sido la falta de afecto de su padre. Pero quizá no le hubiera entendido. Quizá fuera un hombre sin palabras, pero demostraba con su comportamiento el amor que sentía por su hija y su nieta.

—Me preguntaba por qué siempre parecías estar por los alrededores –le dijo Ben a Hugh–. Creía que era porque la escuela entraba dentro de tu ronda.

Hugh se encogió de hombros.

—Suelo pasarme siempre. Si Les o tú estáis allí, sigo conduciendo.

Mantuvieron la conversación ligera mientras esperaba a que llegara el doctor, pero la tensión se podía mascar. Necesitaban hablar de muchas cosas y sin embargo, nadie rompió el hielo. Ben sabía que a Hugh le incomodaba su presencia. Él nunca había merecido la aprobación de Hugh, aunque tampoco la desaprobación y esa ambivalencia era difícil de entender. Un fríos y solitario hombre que siempre parecía enfadado con el mundo excepto...

Excepto con Erin en ese momento. Y con Les cuando había estado inconsciente.

—De acuerdo, todo el mundo fuera –anunció Carly–. El doctor está de camino.

—Dios, Carly. Eres más mandona aquí que en casa

139

–dijo Erin–. No podrás pescar marido si no eres más dulce.

–¿Y qué te hace pensar que quiero uno, angelito?

–Te gusta Sebastian. Tú quieres casarte con Sebastian.

Todo el mundo miró a Carly, que se sonrojó.

–No es verdad. Quiero decir que me quiera casar con él. Simplemente me cae bien. Y ahora, fuera de aquí.

Erin sonrió a sus espaldas al llegar a la puerta.

–¿Ah, sí? Entonces, ¿por qué escribes un millón de veces su nombre en tu agenda?

–Porque tiene un nombre bonito y largo y estoy ensayando mi caligrafía.

La carcajada de Erin resonó en la habitación y a Leslie le intrigó el sonrojo de su amiga.

–Tienes una hija muy entrometida.

–Tengo una hija observadora. Pensé que no había sitio en tu vida para los hombres.

Carly se encogió de hombros.

–No es desagradable a la vista.

–Oh, ya lo sé. Con ese pelo largo y moreno y esos estupendos músculos de carpintero. Por no mencionar esa mirada de leñador que le queda tan bien. Pero siempre te ha tratado...

–Como una hermana pequeña. Como que no lo sé yo. Sin embargo, lo besé una vez.

–¿Cuándo?

Carly se volvió a encoger de hombros.

–No mucho antes del accidente. Antes de que tuviera que esconderse. Me retó.

–Ése es nuestro Sebastian. ¿Y qué? ¿Fue maravilloso?

–Totalmente –se inclinó hacia Les–. Le di un susto de muerte. Creo que esperaba que fuera dulce como dice Erin. Y yo quería que se le enroscaran los dedos de los pies. Pero no podría decirte si lo conseguí porque llevaba botas.

En ese momento entró el doctor con el historial bajo el brazo. A pesar de su paso apresurado, su mirada era paciente cuando apoyó la mano en el hombro de Leslie.

–Soy el doctor Sharpe, Inspectora.

–Leslie.

El doctor asintió.

–Leslie, el análisis de sangre que te hemos hecho era una prueba de embarazo para ver si podíamos seguir con las radiografías.

–Así que ahora vendrán las radiografías.

El doctor le apretó con suavidad el hombro.

–No sé si esto serán buenas o malas noticias para usted, pero está embarazada.

El examen había acabado y el doctor se había ido. La ha... ... ...ido ingresada toda la noche si Carly no se hubiera ofrecido a cuidarla esa noche. Tendría que guardar reposo absoluto durante cuatro días. Leslie esperaba que Carly hubiera prestado atención, porque ella apenas se había enterado de nada.

–No puedo creerlo.

–Inspira un par de veces –dijo con voz suave Carly.

–No puedo estar embarazada.

–Las pruebas dicen que lo estás. Has tenido suerte de conseguir un resultado tan certero tan pronto.

–¿Suerte? Esto no me puede estar pasando. Va a pensar... Oh, Dios mío. Nunca me lo va a perdonar.

–Tienes que contárselo.

–Por supuesto. Maldita sea. Maldita sea. Justo cuando todo estaba saliendo tan bien. ¡Oh!

Se llevó la mano a la cadera que le palpitaba. Había bombardeado al doctor a preguntas. ¿Qué pasaba con la hemorragia? ¿Y con estar tomando la píldora? ¿Iba a perder al bebé? ¿Qué daño podía haberle hecho Moose al tirarla al coche?

El doctor le había explicado que a veces se manchaba un poco cuando el feto se implantaba.

¿El feto?, pensó Leslie. No era sólo un feto. Era su bebé y el de Ben y ella ya lo quería.

Se pasó una mano por el abdomen. «No me dejes,

141

pequeño. Aguanta. Sé que te he dado un mal rato, pero todo irá bien a partir de ahora. Te lo prometo».

—¿Quieres que pase ya tu familia?

—Pídele a Ben que traiga el coche, por favor. Nos iremos a casa.

—Vas a contárselo, ¿verdad?

—Después de que se acueste Erin. Supongo que tendré que usar una silla de ruedas.

—¿Te sientes como para ir andando hasta el coche?

Leslie abrió y cerró los labios.

—De acuerdo. Entendido.

Capítulo Catorce

Hugh declinó la invitación de quedarse a cenar con la familia. Ben preparó una cena maravillosa con lo que pudo encontrar en la nevera y ayudó a hacer los deberes a Erin. Pero evitó sus ojos todo el tiempo.

Erin se acostó y Carly se retiró a su habitación con un té y la promesa de no aparecer en toda la noche. Ben se inclinó ante la chimenea, atizó el fuego y las chispas saltaron.

Tendida en el sofá con una manta encima, Leslie esperó a que dijera algo. Nada. Por fin él arrastró una silla a su lado y apoyó las manos sobre los muslos con los puños apretados.

—Siento que nuestros planes de esta noche se arruinaran.

—Quizá haya sido lo mejor, Les —ella sintió que una puerta se cerraba sobre su corazón. Lo llevaba viendo venir toda la noche, pero había esperado equivocarse—. He comprendido esta tarde que no va a funcionar.

—¿El qué?

—Lo nuestro.

—¿Por qué?

—Tú arriesgas tu vida todos los días. Yo ya viví eso antes. Pensé que podría superarlo ahora que no estás en una patrulla, pero al verte correr detrás de ese delincuente que pesaba dos veces lo que tú, verlo aplastarte contra el coche y verte inconsciente... No puedo, Les. Es mi obligación encargarme de mi familia. Es mi trabajo. Nunca me has dejado hacer mi trabajo.

Leslie se miró el regazo luchando contra las lágrimas. Se estaba llevando sus opciones, le estaba quitando su futuro, dando la espalda a su amor.

Tragó saliva con dolor hasta recuperar un poco de control.

—Hoy no estaba siendo un policía, Ben. Estaba siendo una mamá.

—¿Cómo puedes decir eso? Te identificaste como policía.

—Fue una reacción automática. Y menos mal que lo hice porque es el único cargo que tenemos contra él. Pero no lo perseguí como policía. Tuve miedo por mi hija. Se había acercado tanto...

—Sí, se había acercado demasiado. Te prometí que nadie amenazaría a mi familia y he fracasado.

—¿Sabes? Esto se está haciendo muy repetitivo, Ben.

Leslie sacó las piernas del sofá para poder mirarlo a la cara. La cadera le dolía una barbaridad. Se pasó una mano por el abdomen de forma protectora.

—Estoy harta con que pienses que eres tú el único que tiene que proteger y mantener. Éramos compañeros pero yo siempre fui la compañera silenciosa. ¡Bueno, pues ya no más! ¡Tú no eres responsable de lo que me pase!

—Pero tengo que vivir con ello —dijo él en voz muy baja enroscando las manos en las de ella—. No puedo soportar que pase un día sí y uno no.

«¡Hemos concebido un bebé!», deseaba gritar ella. «Te guste o no, vas a ser padre de nuevo. Ahí es donde están tus responsabilidades».

Pero en vez de decirlo, soltó las manos.

—Haz lo que tengas que hacer.

—Bien. Me iré —se levantó—. Estaré unos días fuera de la ciudad.

Aquella era la gota que colmaba el vaso.

—Hazlo. Huye. Correr hacia esas mujeres de senos de silicona de los que están tan condenadamente orgullosas. Puedes empezar con el sobre de arriba hasta que termines todas las cartas. Probablemente consigas un año de sexo sin compromiso ni obligaciones. Quizá encuentres mujeres que batan los párpados y te dejen ser el hombre, el número uno, el dueño. Podrás volver a casa donde tu mujercita te llevará la zapatillas y la pipa, asentirá a todas sus palabras y se colgará de ti.

Ben ladeó la cabeza con gesto de sorpresa, pero ella había decidido no contenerse. Quizá no hubiera luchado suficiente por él la primera vez, pero esa vez no pensaba arrepentirse.

–Nunca he dicho que quisiera eso.

–¿Ah, no? Pues puedes tenerlo, Ben. Estoy segura. Hay muchas mujeres que se sentirían felices de hacer ese papel. En cuanto a mí, sólo estoy dispuesta a amarte. Incondicionalmente. Para lo bueno y para lo malo, en la pobreza y en la riqueza, en la enfermedad y en la salud. Hasta que la muerte nos separe. ¿Cuántas te podrían ofrecer eso, no sólo en la boda sino en el divorcio y en los años que han seguido?

–Tú misma firmaste los papeles del divorcio.

–¡Porque tú parecías estar muy dolido! Pero sigo creyendo en esos votos. Todavía te quiero con todo mi corazón y te necesito. Acepto tus debilidades porque sé cómo te criaron y de dónde provienes. Quítate las orejeras y mírame como soy ahora, no como me recuerdas.

–Les...

–A menos que estés preparado para decirme que me amas, no quiero oír nada más. Ahora no. Debes irte y pensarlo todo. Entonces llámame y hablaremos.

Después de un minuto, él se acercó a la puerta principal con el corazón encogido.

–Si esto tratara sólo de amor, Les, no sería tan poco complicado

¿Qué quería decir? ¿Que la amaba? ¿Que el amor no era suficiente?

Leslie buscó a ciegas el brazo del sofá inclinándose despacio.

–¿Leslie? –Carly entró en la habitación–. Os he oído discutir. ¿Se ha ido?

Leslie asintió con los ojos empañados en lágrimas. Por fin estalló en sollozos. Carly se arrodilló a su lado y la rodeó con sus brazos.

–¿Le contaste lo del bebé?

Ella sacudió la cabeza.

–He dicho cosas que no debería haber dicho.

–¿Cosas sinceras?

–Bueno, sí, pero debería guardármelas para mí misma.

–¿Por qué? ¿Por no hacerle daño a sus sentimientos? He oído algunas cosas de las que dijiste y tenías razón. Ha sido un egoísta.

–No puede evitarlo. Es un hombre.

–¡Vaya! ése es mi estilo, no el tuyo.

–Ya lo sé, pero por fin estoy de acuerdo contigo.

–Creo que necesitas un baño caliente, un buen masaje de la enfermera Carly y un buen sueño.

Leslie le apretó la mano agradecida.

–Me alegro tanto de no haberte arrestado. Espero que Sebastian no te rompa el corazón de esta manera.

–Yo también me alegro de que no me arrestaras. Y en cuanto a lo de Sebastian, espera a que no sea yo la que se lo rompa.

Leslie no podía tirar los tulipanes. Estaban completamente mustios después de dos semanas, pero habían llegado a simbolizar su relación con Ben. Frescos representaban la esperanza y mustios un calendario de días y oportunidades que pasaban.

En ese momento sonó el teléfono.

–Inspectora O´Keefe.

–Sólo quería que supieras que he vuelto.

Ben.

–Erin me dijo que llegarías hoy a San Francisco.

–¿Quieres que nos veamos esta noche? ¿Que acabemos la conversación?

«No», hubiera deseado gritar.

–Claro.

–¿Cómo tienes la cadera?

–Dolorida pero mejor. El moretón parece un cuadro abstracto.

–¿Quieres pasarte después del trabajo?

–De acuerdo.

–¿En mi despacho o en el ático?

–Supongo que depende de lo que tengas que decirme.

–Arriba entonces. Así no nos interrumpirá nadie.

«Lo que no significa absolutamente nada».

–Bien. Te veré hacia las seis y cuarto –dijo Les antes de colgar.

–¿Tienes una cita?

Leslie se volvió con brusquedad.

–¡Papá! Creo que te he visto más en esta semana que en todo un año.

Hugh se sentó en el borde de la mesa y se cruzó de brazos.

–No me has contestado.

–No, no tengo una cita. He quedado con Ben.

–¿No crees que ya es hora de que te cambies el apellido por el de Sullivan?

–¿Por qué?

–Porque es un buen apellido. Y significa mucho en el cuerpo.

Por fin parecía haber aceptado su trabajo.

–Creo que de momento mantendré el de O´Keefe.

–El otro día estaba pensando en cuando Ben y tú ibais a la escuela. Cómo iba a cocinar para nosotros y nos preparaba aquellas estupendas comidas. Tardé un poco en averiguar que el chico estaba muerto de hambre. No comía mucho en casa, ¿verdad?

–No. ¿Es por eso por lo que le dejabas que se encargara de la cocina tan a menudo?

–¿Un chico en edad de crecer como él? Pensaba que era un intercambio justo. A mí no se me dio nunca bien cocinar. Ni a ti ni a tu hermano.

–Éramos bastante inútiles, ¿verdad?

–Sin embargo, Ben se encargó de cuidarnos. Siempre me gustó eso de él. Cómo entraba y lo hacía sin ruido. Y sin esperar una palabra de agradecimiento tampoco. Sólo quería aportar su parte de trabajo para formar parte de la familia.

Leslie frunció el ceño.

–Esto me huele a conspiración. ¿Has estado hablando con Carly?

–Nadie me ha dicho nada.

–Pero tú y Erin teníais vuestros secretos.

–Pero no de cosas tuyas. ¿Por qué estás tan susceptible?

–Esta es la conversación más personal que hemos tenido en nuestra vida.

Hugh deslizó un dedo bajo su barbilla y le alzó la cara.

–Me llevé un susto de muerte cuando te vi tirada en el suelo sin moverte nada. Comprendí que nunca te había dicho lo buena chica que eres. Una buena hija. Una buena madre. Tu madre, que en paz descanse, estaría orgullosa de ti.

Leslie dejó el informe en la mesa y se arrojó a sus brazos. No podía recordar un abrazo así en toda su infancia. Y fue reconfortante.

–Te quiero, papá.

Él le dio palmadas en la espalda con torpeza.

–Yo también te quiero.

–Toda mi vida va a cambiar esta noche –dijo despacio apoyando la cabeza en su hombro.

–¿Para bien o para mal?

–Ya te lo contaré –dio un paso atrás y se secó los ojos–. Gracias por esto. No sabes cuánto lo necesitaba. Cuanto te he necesitado.

–Necesitabas el toque femenino. Yo te dejé hacer lo que querías, cuando no querías jugar con muñecas ni ponerte vestidos. Y además, todos tus amigos eran chicos.

–El que hubiera estado mamá no habría cambiado las cosas. La única diferencia hubiera sido saber cómo era en realidad el matrimonio.

–Tu madre era alguien estupendo. Preciosa. Dulce. Pero tú saliste un chicote desde el primer día.

–¡Eh, Les! Tenemos un caso –anunció Mack asomando la cabeza.

–Ahora mismo voy, Mack –besó a su padre en la mejilla–. Ya pasaremos más tiempo juntos.

–Me parece bien.

Lo observó salir de la habitación con los hombros

un poco más hundidos y los labios apretados de contener la sonrisa.

–¡O´Keefe!

–Ya voy –contestó agradecida de tener que hacer algo antes de que terminara el turno. Un paso cada vez, pensó. De uno en uno.

Las puertas del ascensor se abrieron y apareció Ben esperando como un sueño hecho realidad. Excepto que esa vez no la atrajo a sus brazos ni la besó sin sentido para llevarla a la habitación.

–¿Puedo colgarte la chaqueta?

Leslie le dejó hacerlo sólo para tenerlo cerca. Al darse la vuelta le vio fruncir el ceño hacia su pistola.

–Me la quitaré.

Él apoyó la mano en su muñeca.

–Déjalo. Está bien. –¿Tienes hambre? –preguntó asiéndola del codo para acompañarla al sofá.

–No demasiada.

Sin embargo podía oler a algo maravilloso en la cocina. Y le sorprendió que llevara vaqueros.

–¿Te apetece una copa de vino?

–No, gracias –se sentó pensando si aquél sería el plan de la noche: cena, vino y sexo–. Pero tómatelo tú si te apetece.

–No si a ti no.

No importaba como actuara, aquello no iba a funcionar, pensó Les. Le gustaría que al menos la sonriera, que hiciera algo que indicara sus intenciones.

Se frotó las manos antes de frotarse los pantalones y mirar al suelo.

–Estoy embarazada –dijo sin rodeos.

Como él no dijo nada, alzó la vista.

–¿Y cómo es posible?

–Dejé la píldora después de que nos divorciáramos y empecé a tomarla de nuevo hace un par de meses pensando que quizá debería...

–¿Por Alex?

–Sí. No quería arriesgarme. Pero perdí la costumbre de tomarlas, así que no he debido ser regular. Resultado: estoy embarazada. Veinticuatro días hace hoy.

–Navidad.

–Sí –susurró ella cerrando los ojos y pensando que era el mejor regalo de Navidad de su vida–. Lo siento.

–¿Lo sientes?

Ella lo miró.

–Lo siento por ti, no por mí –deslizó la mano por el abdomen–. Yo ya lo quiero.

Ben bajó la cabeza.

–¿Y no ha pasado nada porque hayas tomado la píldora? ¿Y por el accidente?

–No. ¡Oh, Dios! Ahora me odias. Sabía que me odiarías.

Enterró la cara entre las manos y rompió a llorar con desconsuelo.

Ben quedó asombrado por aquella reacción tan femenina, una que no recordaba haberle visto nunca. Se sentó a su lado para ofrecerle algún consuelo con la intención de decirle lo feliz que era.

Ahora era muy simple. Se casarían y volverían a ser una familia de nuevo. Esa vez para siempre. Tendría que convencerla de todo.

Leslie se arrojó a sus brazos y eso le sorprendió aún más mientras la abrazaba sabiendo que aquel disgusto no podía ser bueno para el bebé. Para su bebé. El milagro de Navidad concebido por amor. Cerró los ojos y la atrajo más.

Cuando se calmó, Ben plantó una rodilla en el suelo ante ella. ¡Tenía un aspecto tan abatido que le asaltó la ternura! ¿Cómo habría podido vivir sin ella?

–Te quiero –dijo con toda la pasión que pudo sabiendo que tenía que convencerla de su sinceridad–. No quiero pasar otro día separado de ti. Si me haces el honor de ser mi esposa de nuevo, pasaré el resto de mi vida compensándote por la forma tan estúpida en que reaccioné.

Ella suspiró.

–Yo fui la estúpida.

Ben le enmarcó la cara entre las manos.

–Fui yo. No hice que nuestra relación fuera más importante que mi necesidad de éxito. No debería haber puesto mi carrera por encima de mi familia.

–Estoy orgullosa de ti –dijo Les en voz muy baja–. Muy, muy orgullosa.

–Cásate conmigo, Les.

A ella se le empañaron los ojos de lágrimas.

–Sólo me lo estás pidiendo por el bebé. Acabarás odiándome como la otra vez.

Él se levantó arrastrándola consigo.

–Te lo estoy pidiendo porque te quiero. Y al bebé. Y a Erin. Deberíamos haber buscado la forma de solucionarlo antes de pasar por el divorcio. Ahora tenemos otra oportunidad. Esta vez haremos que salga bien. Sé que podemos.

–Haces que parezca tan fácil...

–Habrá que hacer cambios, pero los haremos. Tengo algunas ideas. Nos iremos a vivir a otra casa, ni esta ni la anterior.

–Odio la idea de que tengamos que casarnos.

–¡Por Dios bendito, Les!

Perdiendo la paciencia la tomó de la mano y la llevó hasta la habitación, donde estaba la chimenea encendida, las velas brillaban y la mesa estaba puesta para dos. Y esparcidos por la cama había docenas de tulipanes.

–Mira a tu alrededor. Te quiero. Tenías razón en todo lo que me dijiste. Me he quitado las orejeras y he comprendido que eres una mujer fuerte y capaz y una compañera igual. Estos días me he paseado por Seattle necesitándote y echándote de menos, pero por fin he comprendido que no puedo protegerte a cada segundo. Ni tampoco a Erin. Y todo esto –hizo un gesto a su alrededor–. No significa nada sin vosotras.

Todavía notaba inseguridad en sus ojos. Entonces se alzó una cadena del cuello de la que colgaban dos anillos: uno el de su boda y otro un precioso brillante.

–No pude permitírmelo la primera vez, pero espero que éste lo compense –dijo mientras los descolgaba y se los deslizaba en el dedo.

–Te quiero –susurró ella–. Te quiero muchísimo, pero no voy a abandonar mi trabajo, Ben.

Él lanzó una carcajada.

–Ya he pensado mucho en eso y he comprendido que si quiero que Erin sea autosuficiente y feliz en lo que escoja en la vida es muy hipócrita por mi parte que no te desee lo mismo a ti.

–Y también tengo el derecho a cambiar de idea. No porque mi trabajo sea peligroso sino porque ser mamá es un trabajo muy importante también.

–De acuerdo.

Leslie miró entonces a su alrededor con los ojos empañados en lágrimas fijándose en el escenario por primera vez.

–¡Lo tenías preparado! No porque...

–¿Por nuestro hijo? No Les, no me importaba aunque es un maravilloso regalo –sacó algunas flores del jarrón de la mesa y se las pasó bajo al nariz–. Capullos naranjas. El símbolo del amor eterno, el matrimonio y la fertilidad. Ha sido el destino.

–He soñado tanto con este momento –dijo ella acariciándole la mejilla.

–¿Y cuál era la respuesta en tu sueño?

Ella se rió ante su impaciencia.

–Sí, sí y sí. Para toda la vida.

Epílogo

–No puedo creer que Gabe se haya ido sin decir a donde –le dijo Ben a Cristina mirando su reloj de nuevo–. La ceremonia va a empezar en cinco minutos.

–Dijo que volvería ahora mismo –le aseguró Cristina con calma–. No se perderá la boda.

Ben miró a su alrededor en el comedor del ático. Era una pequeña reunión pero estaban todos los que importaban: Chase y Tessa, Hugh, Erin y Cristina. Sólo faltaba Gabe. Había estado allí, pero había sonado su móvil y había salido corriendo.

Ben lo había encargado todo y aparte de escoger el ramo de novia y decidir el destino de la luna de miel, podría haber sido un invitado más.

Cuando se abrieron las puertas del ascensor, sintió una oleada de alivio seguida de otra de sorpresa.

–¡Sebastian! ¡Es Sebastian!

El murmullo subió de volumen mientras todos los presentes se arremolinaban alrededor del hombre apoyado en muletas que avanzaba despacio. Ben se acercó y le dio un fuerte abrazo.

–¡Dios, cómo me alegro de verte! Les se va a poner... No puedo creer que estés aquí.

Le dirigió una mirada de agradecimiento a Gabe que era el que había organizado la sorpresa.

–Ya fue bastante malo perderme las bodas de Chase y de Gabe. No podía perderme ésta también. Me gustaría ver a la novia –le dijo Sebastian a Ben.

–Está en el dormitorio esperando –Ben lo acompañó a cruzar el salón–. Esto debe ser duro, ¿verdad?

–Sí.

–¿Cómo conseguiste escapar?

Por fin su amigo esbozó una leve sonrisa.

153

–Gabe me sacó en una furgoneta de lavandería.

Ben lanzó una carcajada.

–Es arriesgado que estés aquí.

–Me vuelvo mañana. Ni siquiera pasaré por casa de mis padres. Me gustaría tranquilizarlos pero no puedo arriesgarme, sobre todo ahora que sabemos con seguridad que Grimes me persigue. Siento que Les saliera herida, Ben.

–Ella será la primera que dirá que no fue culpa tuya. ¿Cuánto tiempo más tendrás que estar escondido?

–Me gustaría saberlo. Todavía seguimos reuniendo pruebas. Por ahora me estoy concentrando en recuperarme del todo.

La puerta de la habitación se abrió antes de que llegaran. Carly salió y la cerró a sus espaldas.

–¿A qué viene esta espera? ¡Sebastian!

Alzó un poco más la barbilla.

–Así que aquí está... el hombre salvaje de Borneo haciendo una nueva locura.

–Tan ácida como siempre.

–¡Eh! –gritó Leslie desde la habitación–. Quiero casarme algún día.

Sebastian se acercó a la puerta y la abrió para asomar.

–De acuerdo. ¿Dónde te escondes?

–¡Sebastian!

Él la señaló con el dedo.

–Tú no eres la Leslie Sullivan que yo conozco. Ella nunca se pone vestidos y mucho menos uno precioso de encaje verde.

Con los ojos empañados, Leslie corrió hacia él, deslizó los brazos a su alrededor y lo abrazó.

–¡Oh, Sebastian! ¡Te he echado tanto de menos!

–Déjame guardar esto –dijo Carly tras ellos quitándole las muletas–. Leslie puede sujetarte. Abrázate a su espalda.

Les agradeció su peso, contenta de tocarlo de nuevo y de comprobar en persona en qué condiciones se encontraba. Cerró los ojos para detener las lágrimas.

–Estás en casa. Éste es el mejor regalo de bodas que podían darme.

–En casa –repitió él con voz ronca.

Horas más tarde, la fiesta fue llegando a su fin. Hugh se llevó a Erin a casa con él después de que la niña les diera órdenes a sus padres de que se aplicaran en los deberes y volvieran con un bebé, que quería tener un hermano. Los recién casados le aseguraron que lo intentarían.

Los demás estaban relajados en los sillones, cada uno abrazado a su compañero. Sebastian era el único que tenía una expresión dura, muy diferente de la suya normal.

Chase, Sebastian, Gabe y Ben. Todos habían sido una constante en la vida de Leslie desde los catorce años. Habían peleado y debatido, se habían apoyado y querido. Sus vidas podían haber estado separadas a veces, pero sus corazones unidos. Y ahora las dos mujeres que se habían casado con los del grupo eran ya queridas y aceptadas.

Y Carly. Como un gatito abandonado, había entrado en una familia que le había dado la bienvenida, pero todavía se sentía reacia a llamarla su hogar. Ella no había tenido mucho con qué contar en la vida.

–Tenemos que irnos si queremos pillar el vuelo –le dijo Ben a Leslie.

–¿Vas a contarme a dónde vamos?

–Al aeropuerto.

–No estoy segura de que me guste tu nueva vena romántica.

–Te va a encantar.

Todos se levantaron menos Sebastian.

–¿Listo para irte? –le pregunto Gabe.

–Ben, estoy agotado. Si no te importa, me quedaré a pasar la noche aquí y me iré mañana por la mañana. No creo que pueda soportar esta noche otro viaje en la camioneta de la lavandería.

–Sin problema. Usa la habitación principal. Y hay toallas limpias en el baño.

–La enfermera está esperando en nuestra casa –le recordó Gabe.

–Yo puedo quedarme con él.

Todo el mundo miró a Carly. Leslie se mordió el labio sin saber si fruncir el ceño o reírse.

–Soy enfermera –dijo Carly mirando a Sebastian a los ojos–. O casi.

La tensión entre ellos era evidente.

–Haz lo que quieras –dijo él por fin.

–Siempre lo hago.

Leslie agarró a Carly por el brazo y la apartó un poco.

–¿Estás segura de que sabes lo que estás haciendo?

–Puedo soportarlo, Les. Yo puedo darle lo que él necesita ahora mismo.

Los recién casados, vestidos con desenfado en vaqueros hicieron una discreta salida, sin pétalos, ni confeti ni arroz. Ben la atrajo a sus brazos en cuanto se cerró la puerta del ascensor y la besó con pasión.

Una vez en el taxi, Leslie volvió a preguntarle.

–Bueno, ¿a dónde me llevas de luna de miel?

–Al paraíso, señora O´Keefe. Directamente al paraíso.

Y Ben O´Keefe era un hombre de palabra.

Acepte 2 de nuestras mejores novelas de amor GRATIS

¡Y reciba un regalo sorpresa!

Oferta especial de tiempo limitado

Rellene el cupón y envíelo a
Harlequin Reader Service®
3010 Walden Ave.
P.O. Box 1867
Buffalo, N.Y. 14240-1867

¡Sí! Por favor, envíenme 2 novelas de amor de Harlequin (1 Bianca® y 1 Deseo®) gratis, más el regalo sorpresa. Luego remítanme 4 novelas nuevas todos los meses, las cuales recibiré mucho antes de que aparezcan en librerías, y factúrenme al bajo precio de $2,99 cada una, más $0,25 por envío e impuesto de ventas, si corresponde*. Este es el precio total, y es un ahorro de más del 10% sobre el precio de portada. ¡Una oferta excelente! Entiendo que el hecho de aceptar estos libros y el regalo no me obliga en forma alguna a la compra de libros adicionales. Y también que puedo devolver cualquier envío y cancelar en cualquier momento. Aún si decido no comprar ningún otro libro de Harlequin, los 2 libros gratis y el regalo sorpresa son míos para siempre.

416 BPA CESK

Nombre y apellido	(Por favor, letra de molde)

Dirección	Apartamento No.

Ciudad	Estado	Zona postal

Esta oferta se limita a un pedido por hogar y no está disponible para los subscriptores actuales de Deseo® y Bianca®.
*Los términos y precios quedan sujetos a cambios sin aviso previo.
Impuestos de ventas aplican en N.Y.

SPD-198   ©1997 Harlequin Enterprises Limited

Rico y famoso, Nicholas Frakes era el soltero más atractivo del mundo. El día que Bethany conoció al magnate, éste acunaba tiernamente a su sobrina huérfana contra su pecho desnudo y bronceado…

Bethany enseguida perdió el corazón y la cabeza. Pronto se encontró a sí misma haciendo el papel de niñera de la pequeña… y enamorándose de la niña y del hombre. El sentimiento era mutuo. El problema era que Bethany no podía darle a Nicholas los hijos que él deseaba…

Amor en exclusiva

Valerie Parv

PIDELO EN TU QUIOSCO

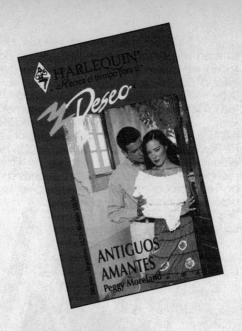

Cuando Jesse Barrister volvió a su antigua casa para hacerse cargo de su herencia, los viejos fantasmas del pasado parecieron cobrar vida. La mujer de sus sueños, aquella joven que lo traicionó obligándolo a marcharse, tenía un hijo que era el vivo retrato de Jesse. ¿Podría ser cierto que aquel muchacho fuera un Barrister? Si eso fuera así, todas las antiguas disputas de las dos familias, que habían terminado por dividir las tierras que un día compartieron, podrían adquirir una nueva perspectiva, y compartir un hijo con ella quizá avivara la esperanza de volverla a tener en sus brazos.

PIDELO EN TU QUIOSCO

«Tu marido ama a otra mujer». La nota la firmaba «Un Amigo», pero ningún amigo haría eso. ¿Sería verdad? ¿El matrimonio de Kate Lassiter se estaba desmoronando? Aún amaba a su marido, Ryan, aún la excitaba su contacto, pero, ¿cuándo fue la última vez que habían hecho el amor?

De cara al exterior lo tenían todo: carreras exitosas, un hogar precioso y un matrimonio perfecto. Pero si Ryan había cometido la traición definitiva, entonces la venganza era la respuesta. Kate quería recuperar a su marido y estaba dispuesta a luchar por él. ¡Porque mientras su matrimonio se hallara bajo sospecha no podía contarle a Ryan que esperaba un hijo suyo!

Bajo sospecha

Sara Craven

PIDELO EN TU QUIOSCO